AF099587

Auto Édition
CARLIE

C'ÉTAIT ÉCRIT

Chapitre 1

Gabriel.

Ah ! Les rues de Paris, elles regorgent d'immeubles aussi beaux les uns que les autres, d'individus aussi peu courtois les uns que les autres et surtout le meilleur pour la fin, d'embouteillages interminables. Comme tous les matins je me retrouve bloqué dans la voiture sur cette longue avenue qui sépare l'appartement de mon lieu de travail.

Je profite du trajet pour un rapide briefing avec Matt'

- Écoute-moi bien, si elle te pose des questions, nous n'étions que tous les deux hier soir, j'insiste sur les mots « tous les deux ».

Une main tendue sur le volant et une autre tenant le téléphone à l'oreille, j'attends impatiemment d'avancer depuis plusieurs minutes.

Alors que je vais encore être en retard au bureau, je me concentre sur le récit que Matt' doit tenir auprès de ma petite amie. Je prévois les questions et les réponses. Quand il m'arrive de ne pas rentrer de la nuit Camille se montre une enquêtrice redoutable.

J'ai eu la chance de ne pas la croiser ce matin quand je suis passé en coup de vent pour prendre une douche et me changer en dix minutes. Comme d'habitude, je lui ai envoyé un petit message pour la rassurer de mon absence avec la fameuse excuse d'une rade de batterie.

J'écoute Matt' me raconter sa soirée, avec la jeune femme qu'il a rencontrée dans le bar où nous nous sommes retrouvés la veille au soir. Alors que les voitures devant moi avancent enfin, j'aperçois deux hommes en uniforme se tenant sur le bord de la route à côté de leurs motos. Je lance d'un coup mon téléphone sur la banquette arrière de la voiture, entendant à peine la voix de Matt' me racontant la suite de sa nuit. Les verres accumulés la veille, mon peu de sommeil, m'invitent à faire profil bas. Je m'insulte de tous les noms et croise les doigts pour ne pas être contrôlé. J'essaie de camoufler tant bien que mal un bâillement qui me décrocherait limite la mâchoire. Je regarde mon visage dans le rétroviseur et remarque les énormes cernes, j'attrape d'un geste brusque mes lunettes de soleil laissées sur le tableau de bord.

Pourtant le temps ne s'y prête pas spécialement en cette matinée où les rayons du soleil se font désirer. Avec une chance folle, la route se dégage juste avant que je ne passe devant eux, tout en souplesse. Je souffle un grand coup pour évacuer l'adrénaline accumulée en quelques secondes seulement et continue le peu de trajet qu'il me reste jusqu'au parking souterrain. Je suis en retard, comme d'habitude, j'appelle l'ascenseur qui se trouve bien sûr au dernier étage. Tout est contre moi aujourd'hui. L'ascenseur arrive enfin et je remarque en fouillant mes poches que j'ai oublié mon téléphone dans la voiture. Tant pis, je ferai sans jusqu'à ma pause déjeuner. J'appuie sur le bouton correspondant à mon étage et passe une main dans mon épaisse tignasse brune, histoire de remettre un peu d'ordre dans mon apparence débraillée. Mes cheveux sont encore humides de ma récente douche. Je remets un bout de chemise qui déborde de mon jean à l'intérieur pour être présentable. La petite sonnerie de l'ascenseur m'annonce que je suis enfin arrivé. Je débarque dans le bureau où je retrouve Matt' concentré devant son écran d'ordinateur.

- Quinze minutes de retard, tu t'améliores, me lance-t-il moqueur.

Je m'installe à mon bureau qui se trouve face à celui de mon meilleur ami et lui montre gentiment en réponse mon majeur.
- Tu as de la chance, le patron n'a pas encore fait sa ronde…

Habitué par mes retards, notre patron aime jeter un coup d'œil dans notre bureau le matin pour être sûr que je sois là bien à l'heure. Je suis peut-être plus chanceux que je ne le pensais finalement.

Je détaille à Matt' ma nuit et lui fait de même après lui avoir annoncé que je n'avais pas pu écouter la fin de son monologue au téléphone.

Je connais Matt' depuis le collège, nous sommes inséparables, les études, les vacances, les nuits blanches à faire la tournée des bars. Nous faisons pratiquement tout ensemble, au point même d'avoir été colocataires pendant nos études supérieures. À l'époque, les soirées s'enchaînaient, les jolies femmes défilaient dans l'appartement devenu un quartier général pour nos amis. Cinq ans après, rien n'a vraiment changé, les soirées dans les bars, les nouvelles conquêtes même si je suis en couple depuis deux ans. En rencontrant Camille, j'ai cru que c'était elle, celle qui m'aiderait à me poser, qui me calmerait. La trêve amoureuse n'a pas eu raison de mes démons. J'ai craqué un soir après quelques verres avec une belle jeune femme des plus entreprenante. Que voulez-vous je suis un « faible homme ». J'ai tout de suite regretté et monté toute une histoire avec Matt' pour que Camille ne se pose pas de questions sur mon absence à son réveil. De fait elle n'y a vu que du feu. J'y ai pris goût inconsciemment par la suite. Tel un enfant heureux, roulant dans la farine les adultes. Je me comportais en « homme enfant ». Alors à chaque lendemain de soirée, nous avons pris l'habitude de nous appeler avec Matt' pour se mettre d'accord.

- Alors, on ressort ce soir ?
- Je ne préfère pas non, je ne veux pas non plus abuser auprès de Camille, lui dis-je en me retenant de bâiller.
- Elle se doute de quelque chose, tu penses ?
- Je ne sais pas, mais elle est loin d'être bête…
- Alors pourquoi elle ne te quitte pas ? Me demande-t-il comme si je connaissais la réponse.

Je hausse les épaules en guise de réponse, je ne comprends pas moi-même. Alors que Matt' allait enchaîner, notre patron débarque dans notre bureau. Il nous salue, nous répondons d'un signe de tête. Le patron ne résiste pas au plaisir de charrier

- Je ne m'attendais pas à vous voir aussi tôt ici.

Nous faisons nos têtes d'étonnés que nous adorons prendre à chaque fois que le boss est surpris par notre travail ou par notre présence à l'heure.

- Comme si c'était notre genre de ne pas être à l'heure…

Matt' n'a même pas le temps de terminer sa phrase que nous nous retrouvons de nouveau tous les deux seuls.

- Tu en fait toujours trop Matt', lui indiquais-je.

Cette surenchère m'insécurise à chaque mensonge partagé, il ne peut jamais s'empêcher d'en rajouter. Du coup je crains que son zèle ne me porte préjudice.

Je le regarde ressasser sa dernière phrase en cherchant ce qu'il a pu dire de mal, puis laisser tomber avant de se re-concentrer sur sa paperasse. Quant à moi, je me lance à mon tour dans le travail, et fais abstraction de la fatigue.

- Tu étais où cette nuit ?

- Je découvre Camille dans la cuisine ouverte face à moi en pleine préparation d'un repas, ses cheveux blonds attachés en une queue de cheval fouillie. Cette coiffure inhabituellement négligée m'étonne. Camille aime tant prendre soin d'elle.
- Bonsoir à toi aussi, oui ma journée s'est bien passée merci, répondis-je en refermant doucement la porte derrière moi.
- Tu veux vraiment te moquer de moi là ? Je me suis fait un sang d'encre, tu ne m'as pas donné une seule nouvelle depuis hier soir, me lance-t-elle, en lâchant le couteau qu'elle tenait dans l'évier.

Elle pose ses deux mains à plat sur le plan de travail, baisse la tête et souffle un grand coup tout en fermant les yeux.

- Je sais, je suis désolé, mais tu sais comment terminent les soirées avec Matt' … Dis-je en m'apprêtant à commencer toute l'histoire montée avec mon ami.
- Ne t'épuise pas…

Elle me lance un regard qui me donne des frissons dans le dos, elle se doute de quelque chose c'est sûr et je me sens impuissant.

- Camille…

Je frotte mes mains moites contre le tissu de mon jean et avance vers elle ne sachant quoi faire ou quoi dire. Camille passe à côté de moi, son épaule frôlant la mienne. Je lève la tête vers le plafond en me frottant le visage, épuisé de ma petite nuit et de ma journée interminable. Je n'ai pas la force de me confondre en explications avec elle. Je prends la place qu'occupait Camille auparavant. Je décide de continuer le dîner qu'elle a commencé. Une pizza maison, c'est l'une des qualités que j'aime chez elle, son amour pour la cuisine, ses petits plats m'ont de suite fait tomber sous son charme. Je me souviens qu'à notre premier rendez-vous elle m'avait invité chez elle et nous avait préparé un magnifique dîner avec une table décorée avec soin. C'était la première fois qu'une femme avait fait autant d'efforts pour moi, tout s'était tellement bien passé que nous ne nous sommes plus quittés après ce soir-là.

- Le dîner est prêt, tu viens ?

Aucune réaction, je n'ose pas insister et fais demi-tour, je connais son caractère. Quand elle décide de se renfermer dans son coin, je ne peux que la laisser seule, aucune discussion n'est possible. Il suffit juste de laisser passer du temps pour qu'elle revienne peu à peu vers moi, même si pour la première fois, je doute que cela arrive. Je dépose la part de pizza que je viens de me découper dans une assiette et m'installe dans le canapé devant un film déjà vu une dizaine de fois mais qui m'offre une échappée belle. Je n'ai plus qu'à attendre demain pour continuer d'arranger les choses avec Camille.

Après cette rude soirée, j'essaie de me motiver pour commencer une bonne journée. Je mets en route la dernière musique de mon groupe préféré sur mon téléphone et file dans la salle de bain pour me préparer.
- Gab' baisse le son !

Je fais la sourde oreille face à la réflexion de Camille et continue de me préparer en essayant de suivre les paroles américaines.
- Tu le fais exprès ? Me demande-t-elle en ouvrant la porte de la salle de bain avec une violence que je ne lui connaissais pas.

Je me retiens de lever les yeux au ciel et décide de tourner le bouton du volume au plus bas pour ne pas qu'on se prenne la tête dès le matin. Je pense que l'on en a déjà eu assez comme ça. Je termine de me préparer et fais des petits pas vers la cuisine pour ne pas déranger une nouvelle fois Camille. Je me prépare un café et en profite pour faire le tour des réseaux sociaux sur mon téléphone, au vu des vidéos de Matt' et d'un autre ami la soirée de la veille devait être bonne, j'ai hâte de découvrir sa tête au travail tout à l'heure.

Je m'avance délicatement vers le côté du lit de Camille, celui qu'elle n'a pas quitté depuis la veille après notre discussion sauf pour se mettre en tenue de nuit. Je me penche pour lui déposer un baiser, mais mes lèvres n'ont pas le temps d'atterrir sur son front qu'elle remonte la couverture sur son visage.

- Bonne journée quand même, lui lançais-je en me redressant.

Je quitte mon appartement déçu et sans bruit après avoir avalé d'une traite mon fond de café. Comment pourrais-je lui en vouloir de son comportement, je suis loin d'être un ange, je sais que je suis mal placé pour lui faire une crise.

Pour la première fois depuis trois ans, je vais arriver en avance. En même temps je suis prêt à tout pour être loin de l'ambiance qui trône chez moi. Je sais que Camille a compris, elle le devine à chaque fois que je lui mens et je ne sais pas pourquoi elle continue de rester avec moi. Elle pourrait avoir un homme qui la respecte, qui ne va pas voir ailleurs, qui n'est pas faible face à la gent féminine. Depuis deux ans elle continue de supporter mes écarts, parfois je me dis qu'elle n'est pas là pour moi, mais pour ma situation financière. En effet ce n'est malheureusement pas avec son mi-temps dans un magasin de prêt-à-porter qu'elle peut s'offrir tout ce qui se trouve dans sa penderie. Je sors du parking de l'immeuble et je rejoins la route du travail. Il me faut normalement dix minutes pour arriver mais je me fais avoir avec les embouteillages à chaque fois. Je devrais le savoir pourtant depuis trois ans que je suis dans l'agence. L'animateur radio annonce huit heures pile, si j'arrive en retard avec une heure d'avance, je ne comprends pas.

Alors que j'écoute les dernières informations, le ciel semble atterrir sur le toit de ma voiture. Je regarde le plafonnier du véhicule : il est enfoncé. Choqué, je sors au plus vite tout en me battant avec ma ceinture de sécurité qui me retient en otage. Je m'écarte et découvre deux jambes qui dépassent du toit. Je prends mon visage entre mes mains et ne quitte pas ma voiture du regard.

- Qu'est-ce que c'est que ce bordel ? Hurlais-je

Le corps d'une femme est étendu sur ma voiture. Je secoue ma tête pour essayer de reprendre mes esprits et découvre peu à peu les personnes s'attrouper autour de moi, certains au téléphone, d'autres essayant de parler à la femme qui vient d'atterrir sur mon véhicule. Pour quoi faire ? Vous croyez vraiment qu'elle peut vous répondre ? Je regarde l'immeuble derrière moi, il s'agit d'un hôtel sur plusieurs étages. J'essaye de distinguer d'où elle a bien pu sauter. Des larmes troublent ma vue... qu'importe l'étage, elle ne pourra pas s'en sortir, c'est impossible. J'entends au loin la sirène des pompiers, j'ai l'impression qu'ils n'ont vraiment pas mis de temps à venir. Je ne réalise pas depuis combien de temps je suis prostré à ne plus quitter des yeux le corps de cette femme. Plus aucun son n'existe autour de moi, plusieurs hommes en uniformes accourent vers le véhicule et essaient tant bien que mal de soulever la femme pour l'amener délicatement vers le brancard que d'autres collègues ont apporté à proximité.

Après que les portes arrière soient fermées, le camion fait sonner sa sirène et disparaît au loin. Je me retrouve seul, regardant la foule se disperser, il n'y a plus rien à voir. Et je ne réalise toujours pas ce qu'il vient de m'arriver.

Chapitre 2

Esmée.

Une douleur au crâne me réveille, mes yeux mi-clos détectent un endroit que je ne reconnais pas de suite. Il ne m'est pourtant pas inconnu, ce décor blanc, ce bruit de machine, cette odeur de désinfectant, je comprends que je me trouve une nouvelle fois dans une chambre d'hôpital. Il y a aussi cette perfusion, cette aiguille enfoncée dans mon bras gauche. C'est toujours une surprise de se réveiller avec cette chose accrochée dans la peau qui me rend vaseuse. Je ne peux pas rester dans cet endroit. La dernière fois, ils m'ont internée de force, enfermée pendant des semaines, je ne veux vraiment pas revivre ça. Je dois m'en aller au plus vite. Je glisse mes jambes hors du lit et découvre cette affreuse chemise de nuit qui m'arrive à la moitié des cuisses bien pâles. Je cherche mes vêtements, ne voyant rien, je me lève difficilement et m'approche de la penderie d'un pas mal assuré. Le sol est horriblement froid sous mes pieds nus. Cette foutue perfusion m'empêche d'aller jusqu'au bout de mon chemin. Je prends l'initiative de l'enlever délicatement. Je pince les lèvres pour retenir un hurlement qui à coup sûr alerterait une infirmière. Je souhaite éviter un débarquement en furie dans la chambre. Le bras libre, je continue mon avancée et découvre un sac en plastique en ouvrant une des portes. Après l'avoir récupéré avec difficulté, je retourne vers le lit et reprends mon souffle. J'enfile lentement mon jean, mon débardeur et ma chemise à carreaux un peu trop large pour moi. Des coups insupportables dans la tête accompagnent chacun de mes gestes. Mes Converses noires aux pieds, je m'avance vers la porte, attrape la poignée, appuie dessus et glisse un œil vers le couloir. Deux femmes habillées de leurs tenues blanches, passent devant ma porte en rigolant. Je laisse couler quelques secondes avant d'ouvrir un peu plus la porte pour y passer la tête. Rien à l'horizon. Je referme derrière moi et m'aventure dans le long couloir, je tire sur mes manches pour me réchauffer les mains et essaie de paraître la plus naturelle possible. Je me tiens fermement à la barre fixe accrochée au mur à mes côtés, mon équilibre est incertain, ma tête se met à tourner et des flashs me reviennent à l'esprit. Je revois le vide devant moi, au bord de cette fenêtre de la chambre d'hôtel que j'occupe depuis quelques jours. Je suis à nouveau aux prises avec cette vue trouble. Mon cœur bat tellement vite qu'il me donne l'impression qu'il va exploser. Cette crise, cette énième crise qui m'étouffe, qui me donnait juste envie de tout arrêter, de ne plus rien ressentir, juste de sauter, pour ne plus jamais me réveiller. Une urgence, une évidence à cet instant : ne plus jamais ressentir aucune autre douleur.

Mon cœur est anéanti, je viens de vivre la plus grande épreuve de ma vie et pourtant je pensais que le décès de ma maman serait la pire chose à vivre. Je suis en couple avec un homme un peu plus âgé que moi, depuis deux ans. Notre histoire est au point mort : il est marié. Il me rabâche sans cesse qu'il est en instance de divorce, que cela prend beaucoup de temps. Il m'assure qu'entre lui et sa femme tout est terminé depuis qu'il m'a rencontrée. Il jure qu'il n'y a que moi dans sa vie. Je sais au fond de moi que c'est faux, que ses absences ne sont pas toutes dues à son travail. De toute évidence sa femme fait encore partie de sa vie. Mais je l'aime et j'aime ses petites et trop rares attentions qu'il me porte quand on se voit par-ci par-là dans le même hôtel depuis quelques mois. Je n'ai que lui dans ma vie. Je n'ai personne, pas d'entourage, je suis seule au monde depuis la perte de ma mère, ma seule famille. Avant nous étions toutes les deux, c'était parfois dur et parfois simple, cela dépendait de sa maladie. La bipolarité. Cette chose immonde prenait une place immense dans nos vies, elle nous enlevait des bons moments pour les transformer. Et comme si cela ne suffisait pas, j'ai moi aussi la maladie en héritage. Alors, j'apprends à vivre avec, seule désormais. Je sais que je me dois d'avancer masquée. Cette maladie fait peur et fait fuir ceux qui sont dans l'ignorance. Les professionnels sont tout aussi démunis et n'ont d'autres solutions que le recours à la « camisole chimique » et ses combinaisons plus ou moins heureuses de traitements. Quelques semaines après l'enterrement, je suis allée voir le spécialiste qui suivait ma mère pour lui parler de mes doutes. J'avais, à force de lectures et de questionnements sur mes impasses à répétition, posé mon diagnostic. A la suite de quelques examens, le médecin confirmait mes doutes. Je suis moi aussi bipolaire. Je suis partie en courant. Je n'ai pas réglé la consultation comme si en ne payant pas le médecin je conjurais le sort. Il était pour moi hors de question que je devienne un zombie comme avait pu l'être maman à la fin de sa vie. Depuis ce jour je m'occupe de moi toute seule, j'apprends à vivre avec ce qu'il se passe dans ma tête.

Un goût amer s'installe peu à peu dans ma gorge, tout en réussissant à quitter l'enceinte de l'hôpital je repense aux dernières paroles que Paul m'a craché au visage après avoir quitté la chambre d'hôtel « tu n'es qu'une bonne à rien et tu le sais très bien ». C'est cette phrase qui a tout déclenché, la voix de Paul résonnait dans ma tête, avec cette même phrase en continu. Alors quand j'ai vu la fenêtre que j'avais ouverte quelques minutes auparavant, je n'ai plus rien contrôlé, comme si une autre personne avait pris mon corps et en avait fait ce qu'elle voulait.

Tout en continuant mon chemin en direction de l'hôtel, j'essaie de rester la plus naturelle possible aux yeux des personnes que je croise sur mon passage, même si mes jambes sont en coton, que ma tête tourne encore et que toutes les autres parties de mon corps ressentent une douleur différente. J'ai l'impression que tout le monde me regarde, me dévisage même, alors je rentre mon visage le plus possible dans ma chemise, rien de naturel c'est sûr mais cela me rassure.

En arrivant à l'accueil après des minutes interminables de marche, je vois le visage du réceptionniste se décomposer, comme s'il avait vu un fantôme.
- Vous allez bien mademoiselle ?
- Oui très bien, mentais-je, pourrais-je avoir la clé de ma chambre s'il vous plaît ? Demandais-je sans le regarder dans les yeux.

Il a sûrement dû assister à la scène. Il se retourne pour trouver la bonne clé et me la tend du bout des doigts, je ne rétorque même pas face à son comportement et m'avance vers l'ascenseur après l'avoir remercié. Une fois dans l'ascenseur je souffle un bon coup, je vais être de nouveau en sécurité dans ma chambre, loin de cet hôpital, enfermée dans ma prison dorée.

Je referme la porte derrière moi, essaie de ne pas me prendre les pieds dans mes vêtements qui jonchent le sol. Avec la nuit qui tombe je ne vois pratiquement rien, seulement que la fenêtre est fermée, je comprends que quelqu'un est entré dans la chambre, je n'y fais pas plus attention, ne voulant qu'une seule chose : me plonger dans les draps de mon lit. Je me déshabille, gardant sur moi uniquement mes sous-vêtements et ne perds pas de temps pour m'endormir paisiblement.

J'ouvre un œil, les rayons du soleil ont laissé place à la noirceur de la nuit, je me relève à contrecœur, encore douloureuse. Je marche à petits pas vers la salle de bain et retire le reste de mes vêtements de la veille. Mon corps nu, je rentre dans la douche, laissant peu à peu l'eau chaude couler sur ma peau. En baissant la tête, je remarque certains bleus et plaies. Mon corps a des nouvelles blessures sur lui. Je m'estime déjà heureuse de m'en sortir avec seulement quelques égratignures après une telle chute. Vêtue d'une serviette de bain, je me dirige vers la fenêtre et tire les rideaux pour ne plus voir le crépuscule. Je me sens incapable, je m'affale une nouvelle fois à l'intérieur de mon lit et me réchauffe sous la couette. Mes cheveux encore mouillés gouttent sur mes épaules, je suis trop fatiguée pour me relever et aller les sécher correctement. J'attrape la télécommande et laisse la première chaîne qui vient. J'ai juste besoin d'un bruit de fond pour m'aider à rejoindre les bras de Morphée.

Une lumière blanche s'avance vers moi, je me trouve allongée sur un brancard poussé par deux femmes en blouse blanche, j'essaie de demander ce qu'il passe, mais je reste aphone, impossible de demander de l'aide, impossible de hurler ma peur. Ce couloir interminable laisse place à une ombre, je plisse les yeux et découvre cette silhouette que je ne connais que trop bien, Paul. Il apparaît auprès de moi, me prend la main et la caresse.

- C'est la meilleure solution, me lance-t-il.

    Des larmes ruissellent sur mes joues. Lui regarde en direction de mon ventre, ce que je fais aussi, il est opulent, je commence à comprendre où il veut en venir. Je ne veux pas revivre une seconde fois cette épreuve.

- Dis-lui adieu, ajoute-t-il avant de disparaître.

    La lumière m'éblouit d'un coup, je pose une main au-dessus de mes yeux pour essayer d'apercevoir ce qui se trouve au bout. Les pleurs d'un nouveau-né retentissent, ils deviennent de plus en plus forts ce qui me déchire le cœur et me rend folle, je suis à deux doigts de m'arracher les cheveux. Une douleur prend possession de mon ventre, un masque est déposé sur mon visage, je reconnais cette odeur, c'est elle qui m'a endormie, je m'en souviens encore. Et ensuite plus rien, trou noir.

Je me réveille en sursaut et en nage, tout ça n'était qu'un cauchemar, un putain de cauchemar. À la recherche de ma respiration, je pose une main sur ma poitrine, reprenant clairement mes esprits, je réalise que les cris de bébé viennent de la télévision qui diffuse un programme sur les naissances. Je récupère la télécommande et éteint l'écran, me retrouvant dans le noir complet et surtout dans le silence. Je reprends doucement mon rythme cardiaque avant que cette voix que je déteste tant apparaisse dans ma tête. Je ne peux plus dormir, c'est le chaos. Je me lève et attrape un autre gros sweat ainsi qu'un jean slim, mes converses et sors de la chambre d'hôtel. Je me retrouve dans la rue éclairée par les lampadaires qui longent la route, tout en me frottant les bras je respire un grand bol d'air. J'ai appris avec le temps que le fait de me balader à l'extérieur m'aidait à atténuer cette pression sur ma cage thoracique. Je termine ma promenade en rentrant dans un petit magasin alimentaire ouvert toute la nuit, je compte les quelques pièces qui se battent dans une de mes poches et attrape un paquet de gâteaux fourrés à la framboise, mes préférés.

Je sors et déguste un premier biscuit, continue de marcher pendant des heures avant d'être une nouvelle fois épuisée et de retourner dans mon lieu de vie.

Chapitre 3

Gabriel.

- Salut les gars ! Lançais-je en tapant dans la main de chacun de mes amis.

Je m'installe à leur table en terrasse du bar où nous avons nos habitudes. Je fais un signe de la main au serveur. Les rayons du soleil m'empêchent de bien voir Matt' assis face à moi. Je me décale un peu vers ma droite tout en essayant de suivre leur conversation.

- Au fait, vous ne savez pas ce qui est arrivé à Gabriel, hier ? S'empresse-t-il de dire après avoir failli s'étouffer avec sa bière.

Moi qui avais réussi à ne plus penser à cette femme le temps de quelques minutes, il a fallu que Matt' remette cette histoire sur le tapis. Quelle idée j'ai eu aussi de lui raconter cette mésaventure. Même si c'est vrai que ce n'est pas le genre de choses qui nous arrive plusieurs fois dans une vie et encore heureux, je n'aime pas la manière dont mon meilleur ami réagit à cette histoire. Il parle du geste désespéré de cette personne comme de quelque chose de bénin, comme une bonne blague. A la fiction de nos mensonges passés vient se heurter la réalité de cette souffrance.

Le serveur me surprend en passant la tasse de café que je lui ai commandée par-dessus mon épaule pour la déposer devant moi.

Je vois que chacun de mes amis sont étonnés par ce choix d'une boisson chaude. Eux sont avec leurs verres d'alcool, je me sens un peu comme un intrus. La bière que j'ai l'habitude de prendre normalement après le travail ne me tente vraiment pas ce soir.

Après mon accident et la récupération de mon véhicule par une dépanneuse, je me suis empressé de raconter l'histoire à mon arrivée au bureau, en sueur. J'ai dû continuer mon trajet à pieds et bien évidemment je suis arrivé en retard. Pour une fois j'avais une très bonne excuse au cas où mon patron m'était tombé dessus. Matt' n'en revenait pas, il pensait que je lui racontais un film.

- Mais c'est qui cette folle ? Me demande-t-il ahuri.

C'est tout ce qu'il a su me dire, à ce moment-là j'ai tout de suite regretté d'avoir partagé cette histoire. Je sais que maintenant cela va être au tour de mes deux autres amis de juger. Tous sont des hommes confiants, j'aime passer du temps avec eux, mais ils peuvent parfois être lourds sur ce qui concerne les personnes un peu plus vulnérables.

- Faut vraiment être fragile pour en arriver là, sort un de mes amis, blasé.

Ne supportant pas une remarque de plus, j'en profite qu'ils soient tous en plein débat pour m'éloigner et passer un coup de téléphone. J'y pense depuis ce matin, j'aimerais savoir si elle s'en est sortie, ou est-elle vraiment morte ? Je ne sais pas pourquoi mais inconsciemment je me sens fautif. Je sors mon téléphone de la poche de mon jean et cherche le numéro de l'hôpital sur internet avant d'appeler.

- Hôpital St Honoré, bonjour, que puis-je faire pour vous ?

Je lèche ma lèvre supérieure avant de me lancer, mon cœur s'emballe étrangement.

- Oui, bonjour, je vous appelle pour avoir des nouvelles d'une jeune femme qui est arrivée chez vous hier.

- Quel est son nom ?
- Je ne le connais pas justement, tout ce que je sais, c'est qu'elle a atterri sur le toit de ma voiture…
- Alors je ne peux rien vous dire monsieur, si vous n'êtes pas de la famille, m'interrompt-elle.
- Je veux seulement savoir si elle va bien, insistais-je.
- Je suis désolée monsieur, je ne peux pas vous transmettre d'information à ce sujet, enchaine-t-elle comme un robot.
- S'il vous plaît …
- Bonne fin de journée, sort-elle pour couper court à la conversation.
- Bip. Bip. Bip.

Je verrouille mon téléphone et le range de nouveau dans ma poche avant de retrouver mes amis. Écœuré par cet appel qui n'a pas pu m'aider à passer à autre chose.

Je vois qu'ils ont changé de sujet de conversation, je retrouve ma place et termine mon café refroidi, tout en essayant de m'intéresser à mes amis. Après avoir flâné pendant plus de deux heures, je prends mon courage à deux mains pour rentrer chez moi et faire face à la froideur de Camille, alors qu'eux continuent leur soirée en quittant la terrasse pour rejoindre un restaurant. Je les regarde à tour de rôle, tous commençant à être un peu éméchés, ils rient puis finissent par disparaître. De mon côté, je prends le chemin opposé pour rejoindre une tout autre ambiance.

En arrivant à l'appartement, aucune lumière n'est allumée, aucun bruit, ce qui est très étrange car Camille arrive toujours avant moi. En m'approchant de la cuisine, je découvre un petit mot collé sur la porte du réfrigérateur, c'est elle, qui me signale qu'elle dort chez ses parents cette nuit et ne sait pas quand elle rentrera. Je suis déçu et en même temps je comprends sa décision, je regarde l'écran de mon téléphone et réfléchis pour lui envoyer un message, mais au final je pense qu'il vaut mieux que je la laisse tranquille, au moins pour ce soir. Je me couche seul dans mes draps froid, sans manger, je n'ai envie de rien, j'attends que le sommeil arrive, même si je sais déjà que la nuit sera courte avec mon esprit rempli d'interrogations.

Je retrouve Matt' au travail, nous sommes tous les deux *trader* dans la même société. En arrivant avec plusieurs minutes de retard comme à mon

habitude, et pourtant cette fois ci je ne suis pas sorti la veille, je vois à sa tête que lui par compte, si.
- On fait une pause ? Me demande-t-il en reculant sa chaise à roulettes pour s'écarter de son bureau.
- Cela ne fait même pas dix minutes que je suis plongé dans le travail, mais voyant que Matt' sort de la pièce sans même écouter ma réponse, je fais de même.
- Et comment ça va avec Camille ?
- Elle ne me parle toujours pas, dis-je en récupérant mon café.
- Je suis au distributeur avec Matt' qui cherche à échapper du mieux qu'il peut de la lumière du plafond qui lui tiraille les yeux.
- Tu as encore fait une nuit blanche ? Demandais-je en le regardant se frotter les paupières.
- Comment tu l'as deviné ?
- Oh ! Comme ça, répondis-je en me retenant de pouffer de rire.

Matt' se masse une tempe tout en avalant une gorgée de son café qu'il recrache aussitôt dans son gobelet.
- Le café est dégueulasse ce matin, sort-il en le balançant dans la poubelle.

- C'est le même que d'habitude, c'est juste que tu as encore le goût de l'alcool dans la bouche.
- Pourtant je n'ai pas bu énormément, dit-il en se frottant les yeux.
- Ah oui ? Tu peux me raconter ta soirée alors ?

  Je le regarde avec attention et un grand sourire en attendant qu'il me sorte une excuse pour détourner cette conversation.
- Je vais plutôt aller commencer à travailler, me répond-il en pointant de l'index notre bureau.

  Je me retiens de m'étouffer avec mon reste de café. Je le connais par cœur, Matt' ne tient pas l'alcool et à tendance à avoir des black out après quelques verres, quitte parfois à me demander de lui raconter nos soirées, les lendemains au réveil.

Ma tête appuyée sur ma main, ma concentration a disparu depuis plusieurs minutes, je louche sur l'heure inscrite en haut de l'écran de l'ordinateur. Plus qu'une heure avant de pouvoir rentrer chez moi. Je n'ai pas du tout avancé sur le travail que j'étais censé faire aujourd'hui.
- Gabriel !

  Je sors de mes pensées en sursaut. Mon esprit est parti ailleurs.

- Quoi ?
- Ça fait vingt minutes que tu as le regard dans le vide, c'est Camille qui te met dans un état pareil ?
- Oui, c'est ça, mentais-je.
  En réalité, c'est totalement faux. Ce n'est pas celle qui partage ma vie qui me hante, c'est cette femme dont je ne connais rien, mais qui pour autant occupe mes esprits.
- Il ne faut pas t'en faire, me dit-il, si tu veux, je vais lui parler moi, rajoute-t-il.
- Surtout pas ! M'exclamais-je de tout cœur en écarquillant les yeux.
  - Ma réponse est sortie avec une telle intensité que Matt' ne sait pas comment le prendre. Pourtant, il sait qu'il est nul pour les mensonges, aller parler à Camille ne ferait qu'empirer les choses.
- Je t'assure, c'est gentil de ta part, mais je vais réussir à me débrouiller, dis-je en reprenant mon calme.
- Au pire, tu passes à autre chose et je suis sûr que tu retrouveras vite une nouvelle conquête, sort-il ses yeux rivés sur son écran, sans états d'âme.

- Sauf que Camille n'est pas juste une conquête, tu le sais très bien et tu devrais peut-être même y penser à ton tour, à te poser.
- Matt' lâche d'un coup son écran pour plonger ses yeux dans les miens.
- Attend Gab' jusqu'à mes vingt ans j'étais à la limite de l'obésité, toutes les filles me recalait, alors maintenant que je suis un peu plus attirant, je veux juste prendre ma revanche, j'ai des années à rattraper après tout, lance-t-il.

C'est vrai qu'il revient de loin, Matt' a été pendant des années complexé par son poids. Du jour au lendemain il a décidé de venir avec moi à la salle de sport. Il a arrêté de manger dans les fast food, si bien qu'aujourd'hui encore il les évite, l'odeur de la friture le répugne au plus haut point. Je ne l'ai jamais vu aussi déterminé, alors quand il a atteint le but qu'il s'était fixé, perdre vingt kilos, il s'est juré de ne pas se poser de suite avec une fille, mais de profiter en batifolant par ci par là. D'où le commencement des soirées. Mais je ne perds pas espoir qu'un jour il rencontre celle qui lui fera changer d'avis.

Sur la route pour rentrer chez moi, j'ai eu l'idée de faire un petit crochet chez le fleuriste, je tente le tout pour le tout avec un gros bouquet de roses rouge. Camille adore les fleurs et surtout que je lui en offre, cela aidera peut-être à apaiser la situation.

- Je suis là, dis-je en ouvrant la porte pour annoncer mon arrivée, et j'ai une surprise pour toi…
- Oh ! Mon amour.

Camille me coupe la parole et me saute littéralement dans les bras, me faisant presque perdre mon équilibre. Ai-je loupé un épisode ? Je pose une main sur sa taille, elle est à deux doigts de m'étrangler avec ces bras autour de mon cou.

- Tout va bien ? Demandais-je totalement perdu.

Elle dépose ses lèvres sur les miennes avec beaucoup de force, comme si nous nous retrouvions après des semaines loin l'un de l'autre.

- Oui, Matt' m'a tout expliqué, je suis vraiment désolée d'avoir été si distante, me dit-elle en reculant son visage du mien pour poser son regard dans le mien. J'ai vraiment cru que tu étais allé voir ailleurs.
- Attend, attend ! Matt' est venu te voir ?

- Oui, il m'attendait à la sortie de mon travail, dit-elle encore en entrelaçant ses doigt derrière ma nuque.
- D'où son absence ce midi.
- Et qu'est-ce qu'il t'a raconté ? Lui demandais-je, inquiet.
- Eh bien, que tu as passé la soirée avec lui parce qu'il a perdu un proche et que tu ne voulais pas le laisser seul
- Etrangement, je suis assez fier de Matt', comme quoi je le sous-estime.
- C'est ça, c'est totalement ça, dis-je du tac au tac.
- Mais pourquoi tu ne me l'as pas dit tout de suite ? Me demande-t-elle, toujours ses yeux fixés sur moi.
- A mon tour de continuer l'invention de cette histoire.
- Parce que… parce que Matt' ne voulait pas spécialement que j'en parle et puis je ne voyais pas l'utilité de te le dire, dis-je en sortant chaque mot sans vraiment réfléchir.
- Bah si, ça aurait pu éviter que je me fasse des films dans mon coin.

   Elle n'a vraiment pas envie de lâcher l'affaire apparemment. Avec mon cerveau complètement embrumé entre ce changement radical de situation et l'accident de la veille je n'arrive pas à activer mes neurones, comme je le fais d'habitude pour me sortir de ce genre de moment gênant. Je dépose le bouquet de roses sur le bord du canapé, avant de trouver quoi lui répondre.

- Tu as raison, dis-je en essayant de réfléchir pour dire autre chose.

Camille quant à elle m'interroge du regard, ce qui ne m'aide pas du tout.

- Je suis désolé mon cœur, dis-je avant de l'embrasser en posant mes mains sur ses joues pour rajouter un peu plus de romantisme.

Intérieurement je remercie Matt', même si c'est un mensonge de plus qui s'installe entre elle et moi. Je me dis que je n'aurais pas à ramer plus longtemps pour essayer de la reconquérir.

Camille se desserre de moi et en profite pour remettre son gilet en maille bleu correctement sur ces épaules.

- Alors du coup, c'est quoi la surprise ? Me demande-t-elle en posant ses mains sur ses joues avec son plus beau sourire.

Elle est à croquer quand elle est comme ça.

- Hmm… J'ai réservé dans ton restaurant préféré, dis-je en lui tendant le bouquet de roses dont j'avais presque oublié l'existence.

Elle dépose une nouvelle fois ses lèvres sur les miennes pour me remercier avant de s'éloigner afin de s'occuper des fleurs.

- Je vais me préparer alors, me sort-elle, ne quittant son plus beau sourire avant de disparaitre dans la chambre.

Je me sens encore dérouté par ce changement de situation, je n'ai toujours pas bougé de l'entrée de mon appartement. Je souris d'un coup, comme un con, réalisant que je me suis une nouvelle fois sorti du pétrin. Même si je n'en suis pas vraiment fier.

Chapitre 4

Esmée.

Cela fait plusieurs jours que je suis sans nouvelles de Paul. Mon appétit est inexistant, je me sens faible et arrive à peine à sortir de mon lit. Je ne sais même plus depuis combien de temps je suis enfermée ici, sûrement à la suite de mon évasion de l'hôpital. J'ai laissé un peu de distance entre les rideaux pour apercevoir les rayons du soleil encore timide en ce début de matinée, qu'importe la météo, cela ne change rien à mon humeur maussade.
Chaque matin, j'ai le droit à mon petit déjeuner sur un plateau, compris dans le service avec la chambre. La plupart du temps, la personne me le dépose au pas de la porte dans le couloir, voyant que je ne venais jamais lui ouvrir quand elle toquait. Je récupère mon petit déjeuner que lorsque je ressens la faim et cela arrive généralement dans l'après-midi.

Après encore quelques heures à émerger, engouffrée dans la couverture, je trouve une once de motivation pour sortir du lit chaud et pour atteindre la salle de bain. Je regarde en détail mon visage dans le miroir, je suis certaine d'avoir perdu encore du poids, je ne pensais pas que cela pouvait être possible. Mais mes joues sont de plus en plus creusées, mon teint toujours aussi pâle commence vraiment à faire peur. Je me débarrasse de mon t-shirt et de mes sous-vêtements avant de recouvrir mon corps d'eau chaude sous la douche. Je me réchauffe petit à petit, la fraicheur de la pièce me donne la chair de poule depuis ma sortie du lit. Je fais perdurer le moment avant de me sentir trop fatiguée pour rester une minute de plus debout. Je sors de la douche, me sèche rapidement et enfile un énorme sweat avant d'aller ouvrir la porte. Je m'accroupis pour récupérer mon plateau, comme d'habitude, je vais déguster un bon café froid et des tartines de pain avec du beurre fondu.

Après avoir laissé la moitié de mon repas, je me motive pour aller prendre le soleil à l'extérieur, j'enfile un pantalon large avec mes fidèles converses pour accompagner mon sweat et quitte la chambre.

Je sors de l'ascenseur, voir les rayons de soleil aux travers des énormes vitres de l'entrée me donne encore plus envie de rejoindre l'extérieur et plus précisément le parc.

- Mademoiselle ? m'arrête le réceptionniste.
- Oui, dis-je en changeant de trajectoire pour m'approcher de lui.

Il s'abaisse un peu derrière son comptoir comme s'il cherchait quelque chose, avant de se relever pour me faire face.

- Un homme a laissé un mot pour vous.

Il me tend un papier plié que j'attrape, la gorge nouée, et le remercie. Je sais de qui est ce mot. Il est passé ici sans être monté pour venir me voir.

Je sors de l'hôtel et j'ouvre la feuille entre mes mains tremblantes. En une ligne, il me donne rendez-vous pour le lendemain dans la soirée, sans horaire exact. Il prétexte à chaque fois qu'il est débordé de travail. C'est impossible pour lui de donner une heure, ce qui me laisse dans l'attente. Je sais au fond de moi qu'il aime me savoir sans vie loin de lui.

Je me retiens de hurler et déchire la feuille avant de la jeter dans une poubelle.

- Des jours que j'attends patiemment dans la chambre, sans nouvelles, n'ayant pas de téléphone, je n'ai aucun moyen de le joindre. Il sait où me trouver à chaque fois depuis le début, mais je n'ai nul droit à la réciproque. Depuis notre rencontre, notre histoire me tourmente. J'alterne entre grands furtifs bonheurs et longs désespoirs. Paul peut autant être absent que présent, autant être attentionné que distant. Je fais demi-tour et remonte dans ma chambre, même une bonne lecture dans le parc ne saurait me calmer.

On frappe à la porte, ce qui me réveille d'un coup, ma tête est de nouveau lourde, la même douleur que quand je suis sortie de l'hôpital. Je suis comme perdue dans le temps, je me frotte les yeux et remarque que les rayons du soleil se sont atténués à travers les rideaux mal fermés. La personne tape une deuxième fois, et je sens qu'elle commence à s'agacer.

Je soulève la couverture qui me tenait chaud, pose mes pieds sur la moquette et avance jusqu'à la porte avant de la déverrouiller et de l'ouvrir doucement.

- Ce n'est pas trop tôt, me sort la voix grave dans le couloir.
- Paul, dis-je avant de m'éclaircir la voix.
- Cela fait cinq minutes que je frappe, j'ai même pensé que tu étais absente, lance-t-il sèchement.
- Bien sûr que non, où veux-tu que je sois ? Je te rappelle que je ne connais personne.

Je n'aime pas quand il est comme ça, cette mauvaise facette de lui, distant, froid, quand il me fait sentir comme une moins que rien, inexistante. Il passe à côté de moi, manquant de me frapper l'épaule avec la sienne, je referme la porte derrière lui.

- Tu vas bien ? demandais-je la gorge serrée en me retournant vers lui.
- Journée chargée, me répond-il sans même prendre la peine de lever les yeux sur moi.

Je me contente de m'asseoir sur le bord du lit à ses côtés, je regarde le sol, tout en manipulant le bracelet en cuir que je porte, seul objet avec le sac de voyage que j'ai pu garder de ma mère. Un silence de plomb règne dans la pièce. J'ose à peine bouger par peur de me prendre une nouvelle réflexion désagréable.

Je tente quand même une approche, sûrement maladroite, mais cette question me taraude depuis plusieurs jours et j'aimerais enfin avoir le fin mot de cette histoire.

- Je voulais savoir si tu avais eu des nouvelles par rapport au divorce ? Lui demandais-je timidement.
- Je n'ai pas encore lancé la procédure, me lance-t-il après quelques secondes de silence.
- Pourquoi ?
- Parce que je n'ai pas le temps.

Je le regarde se lever, posant ses mains sur sa taille, dos à moi.

- Tu es sûr d'avoir envie de divorcer ? demandais-je.
- Bien sûr que oui !

Le ton de sa voix m'a d'un coup fait sursauter, je ne peux pas voir son visage, mais je l'imagine très bien, comme si cette question l'avait énervé, peut-être que je suis trop oppressante ? J'essaie de me rapprocher de lui en me levant à mon tour et me cale tout contre lui, mes mains glissent dans son dos, son cœur bat à une allure inhabituelle. Paul, lui, ne bouge pas, stoïque, ses bras restent le long de son corps.

- Tu me parles constamment de ce divorce, tu n'as que ça à la bouche.

Je me décale de lui, tête baissée, je retourne m'asseoir sur le bord du lit, déçue de sa réaction.
- Parce que j'aimerais avoir cette vie que tu me promets depuis deux ans, dis-je, les yeux bordés de larmes.

Paul s'assoit de nouveau à mes côtés, laissant place une nouvelle fois à un silence qui me déchire le coeur.

Je sais déjà comment va se terminer cette soirée, elle sera comme la plupart des soirées que nous passons ensemble, cachés dans cette chambre d'hôtel. Paul va se plaindre pendant un moment de son travail qui lui prend la tête, ensuite il nous commandera un repas concocté dans le restaurant de l'hôtel que bien sûr nous mangerons sans quitter la chambre. Et pour finir, nous passerons la nuit ensemble, avant qu'il se volatilise au lever du soleil, souvent sans un au revoir. Voilà, la vie de couple que nous menons. Est-ce qu'un jour, nous arriverons à avoir cette vie qu'il m'a tant promise ? Est-ce qu'un jour je pourrais imaginer notre véritable lieu de vie, notre avenir et devenir la mère de ses enfants ? J'en doute terriblement. Je parviens de moins en moins à me mentir à moi-même.

Chapitre 5

Gabriel.

- On va déjeuner ? me propose Matt'
- Non, vas-y toi, je vais continuer ce que j'ai à faire, dis-je.
- Comme tu veux, lance-t-il sans insister.

Je l'entends appeler un autre collègue au loin, je visionne de nouveau mon écran d'ordinateur avec tous ces chiffres devant moi. Je n'arrive pas à me concentrer, je continue de penser à cette femme. J'ai besoin de savoir ce qui lui est arrivé et si elle s'en est sortie, pourquoi en est-elle arrivée là ? Je regarde l'horloge sur le mur en face de moi et je décide de quitter mon lieu de travail, j'ai besoin de faire une nouvelle tentative auprès de l'hôpital.

J'attrape ma veste sur le dossier du siège et quitte le bureau au pas de course. Tout en enfilant la deuxième manche, j'atterris dans l'ascenseur qui me mène au souterrain où est garée ma voiture. Je démarre le moteur et m'engage dans la rue.

Arrivé sur place, j'essaie de préparer un bon monologue pour ne pas être envoyé balader comme la dernière fois. Timidement, je m'avance vers l'accueil où se trouvent deux secrétaires concentrées sur leurs écrans d'ordinateur. Je me gratte la gorge pour leur annoncer ma présence et me lance.

- Bonjour, je suis désolé de vous déranger, mais j'aimerais prendre des nouvelles d'une jeune femme…
- Vous êtes de la famille ? m'interroge sans lever la tête de son écran la dame de l'accueil qui pousse la polyvalence jusqu'à jouer les vigiles.

Encore cette question qui va une nouvelle fois m'empêcher d'en savoir plus, c'est sûr.

- Non, non… Informais-je à contre coeur sachant la réponse qui allait suivre.
- Alors, je ne peux pas vous en dire plus, me répond-t-elle sèchement.
- Mais elle a tenté de se suicider, en se jetant sur le toit de ma voiture il y a quelques jours, je voudrais juste…
- Monsieur ! me coupe-t-elle.

- S'il vous plaît, continuais-je, passant pour quelqu'un de désespéré.

Je vois que la personne face à moi n'est pas réceptive à ma demande.

- N'insistez pas, sinon je vais devoir appeler de l'aide pour vous faire sortir de force !

Elle a débité cette phrase comme si elle en avait l'habitude, comme si elle la sortait tous les jours, cela me rassure d'un côté, je me dis que je ne dois pas être le seul lourdaud à venir à l'accueil de cet hôpital. Je la vois en même temps lancer des regards derrière moi, je me retourne et vois deux hommes en blouses blanches et aux visages peu joviaux regarder dans ma direction, comme s'ils attendaient un petit signe de la secrétaire pour me sauter dessus.

- Pas la peine, je m'en vais.

Je reprends mon chemin en direction de la sortie, je passe devant ces deux hommes à qui je fais un petit signe de tête pour les saluer et je passe les portes coulissantes.

Je laisse tomber, je n'ai aucun autre moyen de pouvoir entrer en contact avec elle, enfin si elle est encore là. Même ça je ne peux pas le savoir, il est possible que je me prenne la tête depuis des

jours pour une personne qui n'est peut-être plus de ce monde maintenant.
- Attendez !

Je ne fais pas attention à l'homme qui crie dans mon dos, ne pensant pas que cela m'est destiné. Puis une main se pose sur une de mes épaules. Je sursaute et me détourne pour voir à qui j'ai affaire.
- Excusez-moi, j'ai entendu ce que disiez à l'accueil et je crois savoir de qui vous parlez.
- Vraiment ? Demandais-je surpris.
- Une jeune femme, très mince avec de longs cheveux bruns, me répond-il avec des gestes.

J'essaie de repenser à ce que j'ai vu d'elle quand les pompiers l'ont descendue du toit de ma voiture pour la mettre sur un brancard.
- Tout ce dont je me souviens, c'est qu'elle avait l'air jeune, les cheveux longs, avec un sweat noir qui fait trois fois sa taille, lui dis-je, les yeux dans le ciel pour essayer de retrouver le plus de détails possible.
- Il s'agit bien d'Esmée alors, me sort-il.

Mes yeux se posent sur lui, je ne m'attendais pas à connaitre son prénom aussi vite. Alors que je commençais à me mettre en tête qu'il fallait que je

laisse tomber, me voilà enfin avec une information sur elle.
- Esmée. Je reste bloqué, une voix prononçant son prénom résonne dans ma tête, je ne l'avais jamais entendu auparavant et je dois dire que je l'aime beaucoup.
- Et vous savez comment elle va ? lui demandais-je sans perdre une seconde de plus.

Je tiens devant moi l'homme qui peut me donner les réponses à toutes ces questions qui m'obsèdent depuis l'accident. Je m'en voudrais de le laisser filer.
- Elle a disparu, dit-il d'une traite.
- Quoi ?

Ma voix s'est d'un coup amplifiée et étranglée à la fois.
- Non, je veux dire, elle a disparu dans le sens, elle s'est enfuie de l'hôpital, dit-il avec un petit rictus.

Je souffle un grand coup, fais un tour sur moi-même en essuyant mon front des gouttes de sueur, essayant de me remettre des émotions qui se sont mélangées en si peu de temps.
- Je suis désolé, je ne voulais pas vous faire peur, me dit-il pour essayer de me rassurer.

- Donc si elle s'est enfuie, ça veut dire qu'elle va bien ?
- Il y a des chances, oui.
- Cela ne vous inquiète pas ?
- Ce n'est pas la première fois qu'elle nous fait le coup.

Je le regarde perplexe.

- Cela fait trois ans que je travaille ici et c'est au moins la cinquième fois que je la vois, elle n'a jamais de papiers sur elle, on ne connait rien d'elle. Ni son âge, ni son nom de famille, je ne sais même plus comment on a découvert son prénom. Ce que je sais, c'est qu'à chaque fois, elle arrive à se volatiliser, continue-t-il pour m'éclaircir un peu plus la situation.

Cette Esmée m'intrigue de plus en plus.

- Alors, je n'ai aucun moyen de la retrouver ? lui demandais-je déboussolé.

Il en profite pour sortir un paquet de cigarettes d'une de ses poches ainsi qu'un briquet. Il en allume une avant de relâcher de la fumée.

- Si, je l'aperçois parfois dans un parc pas très loin, me lance-t-il, mais je n'ai jamais réussi à l'approcher pour discuter avec elle, elle a vraiment un don pour disparaitre…

J'arque un sourcil pour lui faire comprendre que j'aimerais en savoir plus. Il comprend vite et me décrit le lieu, que je reconnais, je l'ai plusieurs fois longé pour rejoindre des amis dans les bars qui se trouvent dans les environs.

- Merci pour votre aide, lui dis-je en notant les quelques informations dans mon téléphone.
- J'espère que cela vous aidera, est-ce que je peux vous laisser mon numéro ? Au cas où, si vous la retrouvez, j'aimerais avoir de ses nouvelles, si cela ne vous dérange pas.

J'acquiesce et lui tends mon téléphone, il tapote sur l'écran avant d'enregistrer son numéro.

Tout en rangeant le portable dans ma poche, je le regarde recracher une nouvelle bouffée de fumée. Peut-être que lui saura répondre à toutes ces autres interrogations qui s'accumulent dans ma tête depuis l'accident.

- Pourquoi moi ? Pourquoi elle a atterri sur ma voiture ? lui demandais-je comme si lui savait la réponse.
- C'est tombé sur vous, comme ça aurait pu tomber sur n'importe qui, me sort-il.

Je m'en doute, mais je ne peux m'empêcher de penser que ce n'est pas tombé sur moi par hasard.

Je n'ai jamais vraiment cru au hasard en même temps.
- Mais rassurez-vous, si elle a réussi à s'échapper une nouvelle fois de l'hôpital, c'est qu'elle va bien.

Je sens bien qu'il ne pense pas un traître mot de ce qu'il vient de me dire, mais je fais semblant de le croire, avant de le remercier et de m'éloigner.

Sur le chemin, je fais un arrêt dans une boulangerie, mon ventre criant famine, sandwich en main, il me reste à peine quinze minutes avant de reprendre le travail. Je n'ai pas la tête à ça, je n'ai qu'une envie, me rapprocher de ce fameux parc pour commencer à essayer de retrouver Esmée. Après tout, si j'ai quelques minutes de retard au travail cela ne se verra pas, mon patron est en réunion tout l'après-midi, il n'aura pas le temps de faire son petit tour quotidien dans les bureaux. Je vois mal mes collègues me balancer. Après avoir pris un nouveau croc dans mon repas, je me lance dans une petite rue qui se trouve non loin de mon point d'arrivée. Je jette l'emballage de mon sandwich terminé dans une poubelle, avant d'analyser l'endroit verdoyant. Avec cette journée ensoleillé, c'est l'idéal pour faire une pause en dehors de son travail. Rien à l'horizon, parmi tous les visages que je scanne aucun ne correspond à celui qui est gravé dans ma mémoire. Ressorti du parc, déçu, je continue quand même de jeter des coups d'œil autour de moi au cas où je pourrais par hasard la rencontrer sur mon chemin.

Je tire la chaise et reprends ma place face à l'ordinateur, avec un gobelet de café chaud à la main. Le bureau est calme en l'absence de Matt'. Les yeux dans le vague. Je souffle sur la fumée de ma boisson. Je comprends que ma concentration ne sera toujours pas avec moi cet après-midi. Je me frotte les yeux.
- Ça va frère ?

Matt' me fait sursauter en me tapant dans le dos, du café dégouline sur mes doigts ce qui me brule.
- Putain, mais tu es malade, lançais-je.
- Je n'arrête pas de t'appeler, mais tu ne réagis pas aussi, me répond Matt' sans prendre en compte sa bêtise.

J'attrape quelques mouchoirs provenant de la boite et essuie les mains avant de réaliser ma réaction disproportionnée.
- Excuse-moi, j'étais dans mes pensées.

- J'ai bien vu, tu penses à ta Camille ?
- Non, pas vraiment, répondis-je blasé.
- Alors qui occupe tant tes pensées ? me demande-t-il d'un air amusé.

Mon regard se plonge dans le sien, son sourire disparait aussitôt, réalisant que je n'ai pas la tête à plaisanter. Il se permet de s'asseoir sur mon bureau comme il fait souvent, d'habitude cela m'énerve, mais cette fois-ci cela me préoccupe à peine.

- Elle s'appelle Esmée, annonçais-je d'une traite.
- Qui ça ?

Matt semblait encore plus perdu, j'ai pourtant l'impression que cela parait logique, il n'y a qu'un seul événement qui me préoccupe ces derniers jours.

- La fille, qui s'est jetée sur ma voiture.

Il lève les yeux, réalisant enfin notre sujet de conversation, il se relève en même temps du bureau pour rejoindre le sien.

- Je croyais que tu voulais savoir ce qui occupait mes pensées ? lui dis-je.
- Gabriel quand est-ce que tu comptes lâcher l'affaire avec elle ? Je ne veux même pas savoir

comment tu as appris son prénom, lance-t-il sans quitter des yeux son écran d'ordinateur.

Je ne préfère pas prolonger la discussion, quand Matt' ne veut pas entendre parler de quelque chose, il peut rester buté et se créer une bulle autour de lui pour ne rien écouter.

Le reste de la journée se fait dans le plus grand des calmes, ce qui m'empêche encore plus de me concentrer. J'ai tellement l'habitude de l'entendre jacasser sans cesse. Sans dire quoi que ce soit, j'éteins l'ordinateur et récupère ma veste, quitte le bureau et longe le couloir avant d'atterrir dans l'ascenseur. Je ne souhaite qu'une seule chose, que cette journée prenne fin au plus vite.

Je m'installe à table en face de Camille, cela fait une heure que je suis rentré chez moi et aussi une heure qu'elle me raconte sa journée de travail comme chaque soir. J'essaie de me concentrer sur ses paroles, apparemment le sujet est une cliente un peu trop énervante à qui elle a eu affaire aujourd'hui. Mais mes pensées sont bien sûr focalisées sur ma découverte du jour.

- Gab' tu m'écoutes ? demande-t-elle en se tournant vers moi.

- Oui, une cliente énervante… dis-je sans faire l'effort de terminer ma phrase.

Je me trouve assis sur un des tabourets pendant que Camille, elle, termine de cuisiner pour le repas du soir.

- Qu'est-ce qu'il t'arrive ?

Je sens à son regard noir qu'elle ne me lâchera pas tant que je ne lui aurais pas répondu. Elle me sert le plat qu'elle vient de préparer tout en imposant un silence de plomb, elle sait que j'en ai horreur.

- Je suis allé à l'hôpital ce midi, commençais-je.
- Pourquoi ? Il t'est arrivé quelque chose ? me demande-t-elle tout en s'installant à son tour, manquant de lâcher la poêle de sa main.
- Non, pas du tout, je voulais avoir des nouvelles de la jeune femme…
- Tu n'as toujours pas laissé tomber ?

Elle a exactement la même réaction que mon ami quelques heures plus tôt. Son ton change en un rien de temps, je sais que cette histoire l'exaspère mais elle n'arrive pas à comprendre que j'ai besoin de savoir ce qui l'a amenée à en arriver là.

- Gabriel, ça ne te concerne pas ! Me lance-t-elle.
- Alors quoi ? Je dois continuer ma vie sans me préoccuper d'elle ?

- Justement, elle a sûrement une famille ou des amis pour lui venir en aide, ce n'est pas ton rôle à toi, me sort-elle.

Son comportement et ses paroles m'insupportent, je ne la pensais pas aussi indifférente, aussi froide, encore plus face à ce genre de situation.

- Et si elle est seule ?

Camille se contente de me regarder et de hausser les épaules, en manque de répartie, elle termine son assiette à une vitesse folle, la débarrasse avant de quitter la table en me laissant seul. Cette discussion m'a coupé l'appétit, je jette les trois quarts de mon plat à la poubelle, attrape mes clés et mon portable qui trainent sur le canapé et sors de l'appartement.

L'air frais et le silence dans la nuit me font un bien fou, j'arpente les rues sans me préoccuper des heures qui passent.

Je récupère mon téléphone dans la poche, des appels manqués fusent sur mon écran. Camille tente de me joindre, je le mets en mode avion et le range de nouveau avant de continuer d'errer dans la ville seulement illuminée par les lampadaires qui habillent les rues.

Chapitre 6

Esmée.

J'ouvre la porte tout heureuse, comme une enfant devant son cadeau d'anniversaire. Je découvre celui que j'aime face à moi, je lui attrape les joues pour y déposer mes lèvres sur les siennes avec passion. Même si je ne ressens pas la même joie de son côté, je reste souriante.
- Tout va bien ? Lui demandais-je en fermant la porte.

Il reste silencieux tout en avançant vers le lit en bazar, en le voyant s'arrêter devant je sais que je vais me prendre une réflexion sur ma façon de tenir la chambre.
- Je ne comprends pas comment tu arrives à vivre dans cette porcherie, me lance-t-il sur un ton dont j'ai horreur.

Il fit un tour sur lui-même pour détailler chaque recoin de la pièce. Il est vrai que même si j'ai peu

d'affaires, beaucoup d'entre elles sont éparpillées partout, sur le lit, le bureau, même le sol. Et j'ai beau lui expliquer que j'ai toujours vécu comme ça, Paul ne veut jamais l'entendre.
- Esmée, tu ne fais vraiment aucun effort.

Mon sourire s'éteint d'un seul coup, il a réellement que ça à me dire ?
- Quoi ?
- Regarde-toi, aussi ! dit-il en me regardant de haut en bas.

Il s'avance vers moi et me prend la main en la serrant très fort, m'emmène devant le miroir, il se place derrière moi pour que j'ai l'espace de m'y voir entièrement.
- Tu es tout le temps habillée pareil, je me lasse moi de tes grands sweats et de tes pantalons amples, tu n'as vraiment pas envie de ressembler à une femme, une vraie femme ?
- Une...

Je n'arrive même pas à continuer ma phrase, chacun de ses mots ont été comme un électrochoc. Je me retiens, ma gorge commence à me tirailler, des larmes envahissent mes yeux, Paul les voient mais s'en moque totalement.
- Une femme oui, je ne te désire plus comme ça !

Boum.
- Nouveau coup de poignard en plein cœur.

Il s'éloigne de moi, je le vois fouiller dans une des poches de sa veste qu'il avait posée délicatement sur le dossier de la chaise, pour en sortir son portefeuille.
- Je te confie ma carte bleue, me dit-il en me la tendant entre deux doigts.

Je l'attrape après un petit moment d'hésitation.

Il prend ensuite un bout de papier qui traîne sur le bureau ainsi qu'un stylo et y note quelques chiffres, certainement son code. C'est la première fois qu'il me confie ainsi sa carte. Nous avons déjà fait du shopping ensemble, mais jamais auparavant Paul ne m'avait donné de l'argent pour que je puisse me faire plaisir. Je ne sais pas comment réagir.
- Je reviendrai plus tard, me lance-t-il d'une traite en attrapant sa veste de costard.
- Tu t'en vas déjà ? demandais-je, la voix brisée malgré moi.
- Oui, j'ai un rendez-vous, dit-il vaguement.
- À cette heure-ci ? dis-je en regardant l'heure affichée sur l'écran de la télévision.

Un rendez-vous à vingt-deux heures me paraissait assez louche. Mais je ne voulais pas trop m'immiscer dans sa vie, je sais qu'il déteste cela, il aime rester mystérieux sur pas mal de chose et je m'y suis adaptée à force.

- Et pourquoi tu ne m'accompagnerais pas pour le shopping ? Demandais-je après m'être éclaircie la voix.

Aucune réponse, il s'en va sans geste affectueux ni même un dernier regard, me laissant seule, avec comme seul effet sonore sa voix dans ma tête, répétant en boucle ces horribles mots. Je m'approche de son bien, la caressant du bout des doigts, je m'imagine le lendemain portant de nombreux sacs, faisant le tour des magasins dont j'admire les vitrines souvent. Je sèche mes dernières larmes sur mes joues d'un revers de la main et pars me cacher sous la couverture en espérant m'endormir rapidement et que demain soit une meilleure journée.

Je me réveille tôt selon le programme qui passe à la télévision, à force de la laisser allumer tout le temps, je peux me situer dans le temps, je connais chaque émission et leurs horaires. Il me reste encore deux bonnes heures avant l'ouverture des magasins. Je me lève tranquillement, attrape un de mes derniers sweats propres ce qui me rappelle que je dois vite aller à la laverie la plus proche. Une pile de vêtements traine au sol, c'est vrai que cela ressemble à une chambre d'adolescente. Mais mes vêtements sales attendront, aujourd'hui je dois trouver des pépites vestimentaires pour de nouveau plaire à Paul et pour surtout ne plus jamais entendre des mots aussi crus que la veille.

Une fois habillée simplement d'une veste en velours, un top blanc et d'un jean inconfortable, mais que Paul adore me voir porter. Je m'empare de sa carte bancaire que je range dans ma poche arrière et sors de la chambre.

Le soleil est avec nous aujourd'hui, je sais que quand il est là cela ne peut être qu'une bonne journée. J'attache mes cheveux en queue de cheval, prête à arpenter les rues à la recherche de nouvelles tenues, je prends cela comme une aventure.

Je rentre dans le premier magasin de la rue commerçante. Je n'y suis pas allée depuis ma dernière sortie shopping accompagnée de Paul, il y a un an maintenant. Je m'en souviens pourtant comme si c'était hier, un merveilleux après-midi : où nous avions l'air d'un vrai couple, une de nos rares sorties, main dans la main, en public. J'étais la plus amoureuse, la plus heureuse de pouvoir exposer mon bonheur aux yeux de tous. Même si les rues étaient presque désertes à cause de la météo, comme si Paul avait fait exprès de choisir cette journée-ci, pour être sûr qu'il ne croise aucune de ses connaissances. Après cette petite escapade, nous ne sommes plus jamais sortis tous les deux. Depuis nous nous voyons uniquement dans des chambres d'hôtels, cachés de tous.

Je fais le tour des rayons : quelques chemises, des tops de couleurs différentes, des robes légères sur l'avant-bras, je m'avance vers une cabine pour essayer chaque vêtement. Je me regarde devant le grand miroir, me détaille, imaginant la réaction de Paul devant chaque ensemble. Pour ce magasin, je ressors seulement avec un chemisier et une robe d'été fleurie. Je n'aurais jamais cru porter une robe m'arrivant au-dessus des genoux un jour, comme quoi tout arrive.

La rue marchande dans laquelle je me trouve est l'une des plus connues de la ville, Zara, Bershka, Stradivarius se côtoient, un véritable paradis pour n'importe quelle jeune femme de mon âge. Moi, je n'ai jamais vraiment connu ces sorties shopping en famille ou entre amis. Ma maman n'avait pas les moyens et je pense aussi pas l'envie de faire ce genre de sortie… Je laisse de côté le visage de ma mère qui a fait son apparition dans mon esprit à l'évocation de son souvenir, avant de passer les portes automatiques du second magasin. Une odeur de parfum fruité me saute aux narines, une musique d'un style électro sonne dans le lieu. Comme dans le premier magasin, je fais le tour des rayons, cette fois-ci la pêche est bien meilleure.

La journée shopping se termine, après être entrée dans tous les magasins de vêtements qui se trouvent dans le périmètre. J'ai sans nul doute explosé la carte bancaire de Paul, je passe une dernière fois les portiques d'un magasin. Cette fois-ci je savais ce que je voulais : de nouvelles Converses. Pour les chaussures cela reste indéniable, je ne les troquerai jamais pour une autre sorte de paire. Je rentre ensuite à l'hôtel, les bras remplis, pressée d'aller me préparer.

Je lance mes vieilles chaussures dont la couleur blanche laisse à désirer et ma tenue de la journée à l'autre bout de la chambre, électrisant mes cheveux au passage. Je fouille ensuite dans un des sacs en papier pour récupérer le chemisier vert en satin et le pantalon fluide blanc. Paul a voulu du changement, alors je crée ce changement.

- Tu es belle, tu es très belle, me dis-je en me regardant dans le miroir de haut en bas.

D'après l'une des vendeuses à laquelle j'ai demandé conseil, c'est un ensemble parfait pour plaire, simple et classe. Avec mon corps aminci et mes courbes assez inexistantes, je ne pouvais m'empêcher de me comparer à la vendeuse qui se trouvait non loin de moi. Sa silhouette était tellement plus belle que la mienne, tellement plus harmonieuse, je la jalousais malgré moi. Peut-être que si j'avais son corps, ses formes que l'on aurait pu qualifier de parfaites dans un magazine féminin, Paul me regarderait plus et me désirerait plus. Après avoir longtemps hésité dans la cabine d'essayage, je me suis quand même lancée et j'ai déposé les articles en caisse. J'imaginais déjà la tête de Paul me découvrant plus féminine.

Et maintenant me voici devant le miroir qui prend toute la porte de la salle de bain, redonnant du volume à mes cheveux d'un geste. Retouchant une dernière fois mon rouge à lèvre violet, mes yeux seulement maquillés de mascara, je sais que cela plait à Paul, que mes yeux verts ressortent plus. Il m'avait complimenté tellement de fois sur mon regard à nos premiers rendez-vous, je me souviens à ce moment-là, ses yeux étaient plongés dans les miens. Aujourd'hui, je dois m'accrocher pour avoir ne cesse qu'un petit regard porté sur moi.

Cela fait désormais une heure que je m'impatiente de son arrivée, que je fais des aller-retours entre le lit et la porte, à zapper les programmes télé, et à aller dans la salle de bain. Je ne cesse de vérifier ma tenue et de changer d'idée sur ma coiffure, un coup détachée ou un coup attachée en queue de cheval. Tout s'emballe dans ma tête, et si Paul m'annonçait enfin qu'il allait divorcer ? Et si c'était le moment que j'attendais depuis deux ans ? Qu'il allait enfin m'appartenir pour toujours…

Au bout de trois heures d'attente, j'accepte de m'avouer qu'il m'a oubliée ce soir. Pas un signe de vie de sa part, pas un appel sur le téléphone de ma chambre, rien. Je me recroqueville sur mon lit et fonds en larmes, laissant mon maquillage s'écouler sur mon visage.

Le lendemain de cette soirée d'attente interminable, je décide de sortir de ces quatre murs que je ne supporte plus. À l'aide d'une serviette dans la salle de bain et d'eau chaude, je me démaquille, mes yeux sont noircis par le mascara qui a passé la nuit avec moi. Sachant que je ne verrai pas Paul aujourd'hui. Monsieur n'est jamais disponible le dimanche, je m'habille comme la vraie Esmée, un gros sweat vert ainsi qu'un pantalon noir moulant au niveau des fesses et terminant en patte d'éléphant.
Je me retrouve dans le seul lieu qui me procure un minimum de sérénité. Le parc. Je connais cet endroit depuis quelques mois, découvert par hasard, j'aime le fait qu'il soit rempli de verdure, de plantes de différentes couleurs, on se sent paisible dès qu'on y met un pied. À l'entrée je me dirige vers cette grande boîte à livres colorée et en prend

un, au titre un peu trop évocateur de ma vie en ce moment « Amours solitaires ». Je feuillette quelques pages avant de me diriger vers mon banc habituel, étrangement il se trouve libre à chaque fois que je suis dans les parages.

À la suite de deux heures de lecture, je termine le livre, très touchant, j'ai dû à plusieurs reprises me retenir de verser une larme. Certains messages donnaient tellement envie de se sentir aimer correctement, de se sentir chérie, d'être cette beauté aux yeux de la personne qu'on aime. Je me lève de mon banc, le bouquin entre les mains, collé à ma poitrine. Je rebrousse chemin pour aller le ranger dans la boîte à livres et laisser le plaisir de cette belle lecture à une autre personne. Mes pensées commencent à se disperser, quand je sens une main se poser sur mon épaule.

- Esmée ?

Chapitre 7

Gabriel.

Je l'ai reconnue tout de suite. Je ne sais pas comment, je l'avais à peine aperçue le jour de l'accident, mais ses cheveux longs et ce corps aussi fin, rien qu'à ces détails, j'ai su que c'était elle. Elle s'est retournée en entendant son prénom et elle a enlevé ma main de son épaule, après avoir sursauté, surprise par mon geste.
- Esmée, je suis désolé de vous déranger, dis-je timidement.

Elle arque un de ses sourcils foncés avant d'entrouvrir les lèvres et de les fermer à nouveau. Ses yeux verts sont à tomber à la renverse, hypnotisant, j'en perdrais presque mon vocabulaire.
- Je ... Je suis content de voir que vous allez bien, continuais-je en essayant de reprendre mes esprits.
- On se connait ? me demande-t-elle finalement en plissant les yeux.

- Je suis Gabriel, c'est sur ma voiture que vous avez atterrie quand vous avez…

Je n'ose pas terminer ma phrase, ayant peur de la brusquer. Elle ne répond pas.
- Je vous recherche depuis quelques jours.
- Pourquoi ? me lance-t-elle.
- Pour m'assurer que tout va bien pour vous, ça a été un choc pour moi de vous voir étendue sur ma voiture.

Je me rends compte que je n'avais jamais avoué à voix haute mon ressenti, je ne m'étais jamais vraiment posé pour en parler en détails, ni à Matt', ni à Camille. Après tout, les deux ne voulaient jamais en entendre parler, je ne pensais pas que j'en avais besoin.
- Je vais bien.

Sa réponse est tellement froide que j'en ai des frissons. Elle reste plantée devant moi, mais son regard part dans tous les sens, comme si ma présence la dérangeait, comme si je lui rappelais un mauvais souvenir ou qu'elle se fichait totalement de qui je pouvais bien être.
- Bon, je dois y aller, me lance-t-elle avant de disparaître en quittant le parc.

Je reste stoïque, réalisant à peine ce qu'il vient de se dérouler, je ne m'attendais pas à ce qu'elle me saute dans les bras, qu'elle me remercie même, mais qu'au moins, on discute de ce qu'il s'était passé, qu'au moins, j'ai la réponse à ma question. Pourquoi ce geste aussi radical ?

Je rentre chez moi, le claquement de la porte d'entrée annonce mon humeur ce qui fit sursauter Camille assise dans le canapé, en pleine lecture d'un magazine de mode. Muet, je me débarrasse de ma veste et de mes effets personnels avant de m'installer à mon tour sur le canapé tout en croisant les bras, tel un enfant qui boude parce qu'un adulte n'a pas plié devant son caprice.
- Tout va bien ?
- Elle m'a envoyé sur les roses, lançais-je encore sur les nerfs.

Camille pose son regard longuement sur moi pour me faire comprendre qu'elle ne voit pas de quoi je lui parle.
- Esmée, insistai-je.
- Oui et qui est-ce ? me demande-t-elle sur un ton qui frôle la jalousie.
- La jeune femme qui a tenté de se suicider.

Camille lance un grand soupir en balançant sa tête en arrière puis se replonge dans sa lecture.

- Je l'ai retrouvée dans un parc dont un des infirmiers m'avait parlé à l'hôpital, il avait eu la gentillesse de me préciser qu'il l'avait croisée quelques fois à cet endroit, j'ai tenté ma chance, j'y suis allé après le travail. Elle y était. Mais quand je me suis pointé à elle…

Je monologuais sans savoir si Camille m'écoutait vraiment.

- Tu es impossible ! Pourquoi tu t'acharnes autant avec elle ? Me demande-t-elle en claquant sa revue sur les cuisses.
- J'avais besoin de savoir comment elle allait, tu peux comprendre ça ! dis-je en faisant de grands gestes.
- Tu es en boucle, je ne sais plus quoi te dire.
- Tu n'essaies pas de te mettre à ma place.

Je sens Camille se glisser sur le tissu du canapé et se caler contre moi, poser son visage sur mon épaule et déposant délicatement une main sur mon torse avant de le caresser. Je suis sûr qu'à travers sa main, elle peut sentir mon coeur battre de toutes ses forces. Nous sommes tous deux silencieux comme si nous n'osions plus sortir un mot.

- Excuse-moi Gabriel, commence-t-elle, mais tu n'as pas à t'en préoccuper, elle a simplement besoin de l'aide d'un professionnel, toi, tu ne peux rien faire.

Je souffle un bon coup, je sais qu'elle a raison au fond, je ne lui dois rien. Le comportement de cette Esmée me reste en travers de la gorge. Je ne m'attendais pas à une grande reconnaissance de sa part, car au final, je n'ai pas fait grand-chose, ce n'est pas moi qui ai appelé les secours. Je suis resté bloqué devant cette scène atroce, pétrifié par ce qu'il venait de se produire. J'étais juste au mauvais endroit, au mauvais moment.

- Ne t'en fais pas, dis-je en passant un bras autour de son cou, je vais laisser tomber.
- Vraiment ? Tu vas enfin penser à autre chose ? me demande-t-elle en s'écartant de moi.

J'acquiesce et dépose mes lèvres sur les siennes.

- On va même sortir tous les deux ce soir, afin de se changer les idées, annonçais-je, fier de ma nouvelle assurance.
- Ça, c'est une superbe idée ! Je vais tout de suite me préparer, dit-elle avant de déposer un dernier baiser sur mes lèvres.

Je la regarde s'élancer vers la chambre et profite de ce moment de calme pour m'enfoncer un peu plus dans le canapé. Je frotte mon visage dans mes mains tout en essayant de reprendre un peu mes esprits après cette journée peu ordinaire.

- Tu ne te changes pas ?

Mon cœur rate un battement surpris par la voix de Camille.

- J'arrive, j'arrive, répondis-je doucement.

Je prends encore quelques secondes pour moi avant de me motiver pour me lever et enfin rejoindre la chambre.

Comme promis, nous avons passé la soirée ensemble, cela faisait des lustres que nous n'avions pas profité l'un de l'autre. Entre mes sorties tardives avec Matt' et les soirs où je préfère rattraper mon sommeil perdu, nos sorties en amoureux se faisaient rares.

Au retour du restaurant et de notre petite balade romantique au bord de la Seine que Camille a tenu à nous faire faire, nous voilà dans notre lit. Sa tête sur mon torse, je fixe le plafond tout en écoutant son souffle. Après avoir été occupé par les discussions avec Camille, mon esprit s'embarque une nouvelle fois sur la même histoire, le même visage, malgré moi. Je pensais pourtant passer à autre chose, mais c'est comme si mon esprit me l'interdisait.

Chapitre 8

Esmée.

Mes yeux s'ouvrent doucement, le sourire aux lèvres, je me retourne pour être en face du doux visage de Paul. Mon sourire s'estompe vite voyant l'autre partie du lit vide. Je me relève d'un coup et je le vois sortant de la salle de bain torse nu avec encore quelques gouttes d'eau coulant de ses cheveux à ses épaules.

- Bonjour, commençais-je toute pétillante.
- Bonjour, me répond-il sur une toute autre intonation.

Je le regarde aller dans tous les sens pour rassembler toutes ses affaires avant d'attraper sa chemise et de la boutonner à toute vitesse.

- Tu t'en vas déjà ? lui demandais-je interloquée.
- Oui, j'ai quelque chose de prévu.
- Aussi tôt ? lui demandais-je sur un ton agacé.

Il ne répond pas. Il tapote ses poches pour vérifier qu'il détient tous ses effets personnels. Je comprends à son silence et à sa froideur qu'il va m'abandonner une nouvelle fois. À chaque fois, il me promet la même chose, de rester le plus de temps possible avec moi, mais pour lui un long moment, c'est juste le temps d'une nuit.
- Tu vas rejoindre ta femme ? C'est ça ?

Aucune réponse. Moi qui l'ai toujours vu comme un courageux, j'ai l'impression d'ouvrir les yeux sur qui il est réellement. Un énorme lâche évitant cette fameuse conversation sur son divorce.
- Réponds-moi !

Il enfile sa veste et commence à s'en aller.

Je sors du lit en furie et me dépêche de passer devant lui, pour lui bloquer le passage. Il est hors de question que je le laisse s'en aller en me laissant encore une fois seule à me torturer l'esprit.
- Dis-moi la vérité Paul, dis-je avant de fermer la porte à clé et de la garder dans ma main.

Il lâche un grand soupire et plonge enfin ses rétines dans les miennes avant d'ouvrir la bouche.
- Oui, je vais retrouver ma femme.

Il sait pourtant que cela me brise le cœur de le savoir encore avec celle avec qui il partage sa vie depuis des

années. Il ne prend pas de pincettes et je me retiens pour qu'il ne voit pas à quel point j'ai mal à ce moment même.
- J'ai besoin de savoir, est-ce que tu comptes divorcer un jour ?
- Non !

Sa réponse est ferme et sans appel. Son regard ne bouge pas d'un millimètre et j'essaie tant bien que mal de faire la même chose. Je ne veux pas montrer ma faiblesse, je ne veux pas montrer à quel point je me sens mal, à quel point je me sens mourir à petit feu.
- Et moi ? Tu comptais me garder comme maîtresse éternellement, tu pensais que je pouvais être celle que tu pouvais garder dans l'ombre ? lui demandais-je en pointant un index sur son thorax tout en m'approchant de lui.
- C'est...
- Pourquoi tu te comportes comme ça avec moi ? Pourquoi tu ne me respectes pas ? Pourquoi on ne vit pas une histoire normale ? Pourquoi on ne se voit pas en dehors de ce putain d'hôtel ? Cela fait deux ans ! Deux putains d'années que je me sens bloquée ici, que tu enchaînes les fausses promesses, que tu me parles de divorce. Tu oses nous

inventer un avenir et dans la minute d'après tu disparais sans aucune nouvelle pendant des jours et des jours... dis-je en élevant la voix au fur et à mesure des mots.

Mon regard noir ne le lâche pas, j'ai besoin de réponse, la fureur m'envahit de plus en plus. J'ai besoin qu'il mette au clair la situation, qu'il soit enfin courageux.
- C'est terminé, dit-il d'une voix tellement basse que ma voix continue de prendre le dessus sur la sienne.
- ...Tu crois te comporter comme un homme en faisant ça... continuais-je.
- C'est terminé ! Tu entends ! hurle-t-il.

Je m'arrête net, réalisant difficilement ce qu'il vient de se produire. C'est terminé. C'est tout, en une seule phrase, il met fin à une histoire de deux ans, à un secret, à des heures interminables d'attente, à des mots laissés au petit matin, à des cadeaux, à des nuits sans sommeil, à des mensonges mis de côtés pour ne pas le perdre, à mon amour envers lui... C'est terminé.
- Il n'y aura jamais de divorce, en fait pour être honnête il n'en a jamais été question.
- Quoi ?
- Je ne quitterai pas ma femme ! me lance-t-il.

Paul veut juste me faire du mal à ce moment précis. Je le vois dans son regard, je le vois à ce rictus qu'il retient du mieux qu'il peut. J'ai envie de lui cracher dessus, de griffer ce visage qui n'a aucune honte, jusqu'à l'abîmer, qu'il se retrouve plein de sang.

- Je ne reviendrai pas Esmée, c'est terminé, tu ne m'intéresses plus, me sort-il en me détaillant de haut en bas avec dégout.

Je me sens salie, humiliée, le cœur perforé un peu plus à chacune de ses paroles. Comme si un putain de poignard arrivait encore à trouver des endroits à trouer sur mon cœur. Je le regarde avec un mélange de haine et de pitié, comme un chien qui sent l'abandon de son maître venir, comme une adolescente qui découvre son premier amour embrasser une autre qu'elle. J'ai mal et je ne peux plus me retenir, je pousse l'humiliation encore plus loin.

- Tu n'as pas le droit, commençais-je en le poussant

Il recule d'un grand pas pour retrouver son équilibre, estomaqué par mon geste, son regard se noircit quand il se pose sur moi.

- Donne-moi la clé Esmée.

Il se rapproche de moi et tend une main, je serre l'objet en peu plus dans la mienne derrière mon dos.

- Esmée, ne sois pas stupide !

Son ton menaçant ne me fait pas peur, mes larmes coulent, ma voix s'épuise, mon corps se fragilise peu à peu, je perds le contrôle. Les murs bougent autour de moi, l'intérieur de mon corps s'enflamme comme si j'avais bu à outrance de l'alcool, à tout moment, je peux exploser et tout peut être brisé autour de moi.

- Bon, tu ne me laisses pas le choix !

Il se colle à moi et passe une main dans mon dos pour récupérer la clé dans la mienne. Son torse contre ma poitrine, je ne le lâche pas des yeux alors que lui se concentre pour attraper l'outil qui lui rendrait sa liberté. D'une main ferme, il prend mon poignet, le rapproche de lui et récupère la clé en quelques secondes sans prendre la peine d'imaginer la souffrance que sa force peut me procurer. Et il me jette, comme si mon corps collé au sien le répugnait, je tombe au sol. Je frotte mon poignet, marqué par la paume de la main et les doigts qui l'ont serré sans pitié.

- Je vais régler la chambre pour les deux prochaines semaines et ensuite, tu te débrouilles comme une grande, je ne veux plus entendre parler de toi.

Il enfonce la clé dans la serrure, la tourne et disparait, laissant la porte claquer derrière lui, me laissant comme une moins que rien, par terre. Mon corps me

brûle de l'intérieur. Mes larmes ne veulent plus s'arrêter. Je ne peux plus supporter d'être abandonnée, d'être laissée pour compte quand cela lui chante et en même temps je ne peux pas lui dire. Je n'ai pas la force de mettre fin à cette histoire. Paul est la seule personne qu'il me reste dans la vie et il le sait très bien.
J'atteins mon lit avec difficulté et me couche avec mes douleurs au corps et à l'âme.

*

Vue troublée par ce réveil difficile, j'essaie d'atteindre la télécommande à l'autre bout du lit pour allumer l'écran et mettre une chaine musicale. Je regarde rapidement l'heure indiquée en haut de l'écran, me frotte les yeux et jette un coup d'œil une nouvelle fois pour être sûre de l'horaire. Neuf heures. Il me reste une heure avant de quitter la chambre. Ça y est, j'ai atteint les deux semaines que Paul m'avait laissées en préavis avant de trouver une solution. Que je n'ai pas trouvée, bien sûr.
Je me lève à contrecœur pour atteindre la salle de bain sur un air de piano résonant dans la pièce, je

laisse la porte ouverte pour pouvoir continuer de l'écouter.

La paroi de la douche embuée, je profite de l'eau chaude le plus longtemps possible avant d'entourer mon corps d'une serviette. Je traine dans la salle de bain profitant du luxe une énième fois. Mon regard plongé dans le miroir, je me détaille, retenant mes larmes. Je me passe la serviette sur le visage pour essuyer mes joues inondées avant de prendre le courage de m'habiller chaudement. Je rassemble mes dernières affaires qui trainent dans la salle de bain et la quitte, scrutant chaque détail du lieu avant d'éteindre la lumière derrière moi.

Mon sac de voyage fermé, je le soulève du lit pour l'accrocher à mon épaule et je dis au revoir à cette chambre d'hôtel dans laquelle je me suis calfeutrée pendant des mois. Au revoir le confort et bonjour l'inconnu et l'appréhension. Je prends l'ascenseur le cœur lourd et j'atterris dans le hall de l'hôtel. Je dépose la clé à la réception en saluant furtivement la femme qui s'y trouve. Je lui tourne le dos et quitte définitivement mon ancien chez moi. Atterrissant dans la rue, je découvre le vent frais et le ciel gris, en accord avec mon état d'esprit. Morose.

Chapitre 9

Gabriel.

- On se retrouve toujours tout à l'heure ?
- Mmh, oui, répondis-je évasif.

Je regarde Matt' sortir du bureau, comme la plupart des soirées, nous allons la passer ensemble, dans un de nos bars fétiches. Matt' a *flashé* sur une amie de Jade, une des serveuses avec qui nous discutons souvent. Ce soir-là, elle est de service et son groupe d'amis est venu lui tenir compagnie au comptoir du bar. Quand nous avons fait notre entrée, Jade a tout de suite crié que ses clients préférés étaient enfin là Avec mon meilleur ami, nous sommes restés jusqu'à la fermeture, à enchaîner les verres et à faire connaissance avec les deux autres femmes. Le lendemain même, alors que je me remets à peine de la courte nuit et que j'enchaîne les cafés pour rester éveillé, Matt' lui ne s'arrête pas de parler. Il a réussi à récupérer le numéro de l'une des jeunes femmes, Axelle, ils s'échangent des messages toutes les minutes, à croire qu'aucun des deux n'a de travail.

Comme promis à la fin de notre journée, nous nous avançons vers le même bar que la veille. À peine rentré à l'intérieur, Matt' s'élance vers celle dont il m'a parlé toute la journée. Elle interrompt sa discussion avec son amie le voyant arriver. Je reste planté à l'entrée, glissant mes mains dans les poches de mon jean, j'arpente du regard si je trouve une table vide pour m'y poser en attendant que mon meilleur ami termine son rendez-vous. Je fais signe à une serveuse sur le chemin pour avoir un café, comme d'habitude.
- Salut, Gabriel ! me lance une voix derrière moi.
Je me retourne et découvre la jeune femme qui accompagnait le rencard de Matt', je me rends compte que je l'avais complètement oubliée.
- Je peux m'asseoir, continue-t-elle.
Je lui fais signe de prendre la chaise en face de moi pour lui donner mon accord. Je la vois s'y installer en me lançant son plus beau sourire. Au même moment, je vois une main poser mon café sur la table. Je remercie la serveuse et avale le breuvage corsé cul sec. Pensant probablement que cela m'aidera à tenir la conversation. Quand je vois le clin d'œil que Matt'

me lance je me dis que cela risque de durer un long moment.

Alors que je me trouve toujours en bonne compagnie, je n'arrive pas à me concentrer sur mon interlocutrice, mes yeux fixent pourtant ses lèvres qui ne cessent de bouger, mais aucun bruit n'arrive à mes oreilles. Je lance parfois des regards vers Matt' bien trop occupé avec l'amie de la jeune femme avec laquelle je me trouve. Je n'aurais jamais dû le suivre dans ce bar ce soir, je n'étais pas d'humeur. Mais il avait été tellement insistant, que je n'avais pu lui refuser. Je remboursais une partie de ma dette pour ses bons services en matière d'alibi auprès de Camille.
Je termine mon énième café d'une traite avant de couper court à ce moment.
- Je suis désolé, mais je vais y aller, lançais-je.
Je descends du tabouret et me dirige vers Matt' pour lui annoncer mon départ à son tour, sans vraiment me préoccuper de la réaction de la personne avec qui je me trouvais.
- On se voit demain, dis-je en le coupant sans gêne en plein baiser langoureux avec son flirt.
- Quoi ? Mais déjà ? me demande-t-il dépité.

- Je ne me sens pas en forme, mentais-je pour déguerpir le plus vite possible.

Je lève la main pour que mon meilleur ami tape dedans en guise d'au revoir.

Un brouillard a fait son apparition depuis mon entrée dans le bar. J'enfile la capuche de mon sweat prend le chemin qui me rapproche de chez moi. Il me faut une dizaine de minutes pour atterrir au bas de mon immeuble.

Je me glisse dans les draps bien frais de mon lit, Camille endormie de son côté ne remarque même pas mon arrivée. Je gonfle un peu mon oreiller en tapant dessus pour me mettre à mon aise et me plonge peu à peu dans les bras de Morphée.

Je me réveille en sursaut, la sonnerie de mon téléphone me sortant d'un rêve, j'attrape l'objet sur ma table de nuit et décroche.

- Allô ? Dis-je d'une voix enrouée en me frottant le visage avec ma main libre.
- Gabriel, c'est Jade, il faut que tu viennes chercher tes potes là !

Je regarde l'écran de mon téléphone avec mes yeux encore endormis, il s'agit du numéro de Matt', alors

pourquoi c'était Jade, la serveuse du bar qui se trouvait à l'autre bout du fil ?
- Jade ? répétais-je.
- Oui, je dois fermer le bar, mais tes potes sont complètement torchés, impossible de les foutre dehors, viens m'aider, vite, sinon je vais devoir appeler la police, m'annonça-t-elle à deux doigts de sortir de ses gonds.

Je reconnais les voix de Matt' et Valentin essayant de chanter, je ne sais quoi. Je comprends maintenant dans quelle galère se trouve Jade.
- J'arrive tout de suite, dis-je avant de raccrocher.

Je saute du lit avant d'enfiler mes vêtements. J'attrape mon téléphone et sort de la chambre à toute vitesse sans aucune discrétion et sans faire attention à Camille.

- Vraiment les gars, vous avez abusé !

Me voilà maintenant raccompagnant mes amis. Je me suis bien évidement excusé auprès de Jade, fatiguée de les avoir supportés pendant un bon moment. Elle a enfin pu fermer le bar et rentrer chez elle une heure après la fin de son service. Sur le chemin du retour, qui risque d'être plus long que l'aller, je vois mes amis comme deux enfants, dans un fou rire, que je n'arrive pas à comprendre. Je continue mon chemin sans me préoccuper réellement d'eux et de leur folie. Les mains dans les poches pour essayer de les réchauffer, je regarde au loin, une silhouette essayant avec beaucoup de mal de grimper sur un portail, que je découvre peu à peu en m'avançant. Une jeune femme aux cheveux longs, j'aperçois enfin son visage à l'aide de la lumière d'un des lampadaires non loin d'elle.

- Esmée ?

Je me surprends à sourire, heureux de la croiser, elle ne m'avait pas entendu. J'étais prêt à me rapprocher d'elle avant d'être stoppé par un de mes amis.

- C'est elle, Esmée ? me demande Matt' éméché en me tapant un peu trop fort l'épaule.

Je serre les dents pour me retenir d'exprimer la douleur et pour ne pas lui rendre le coup. Je lui enlève sa main et me frotte l'endroit douloureux avant de reposer mon regard sur Esmée. Je m'éloigne des gars, curieux, je veux savoir ce qu'elle fait ici à une heure tardive et pourquoi tient-elle autant à escalader cet énorme portail.

- Qu'est-ce que tu fais là ? demandais-je timidement par peur qu'elle ne me reconnaisse pas.

Elle se tourne vers moi, resserre sa queue de cheval en la tirant en deux de chaque côté et plonge ses yeux dans les miens, ce qui me procure une sensation très étrange.

- J'essaie de rentrer pour aller dormir sur un banc, me dit-elle un peu gênée.

J'écarquille les yeux et comprends tout de suite son projet.

- Attends, tu comptes passer la nuit dehors ? lui demandais-je.
- Quoi ? rajouta Matt' en se rapprochant de nous.
- Je n'ai pas le choix, me dit-elle en haussant les épaules.

Voyant qu'aucun de nous n'étaient prêts à lui répondre, elle décide de nous faire un signe de main et de reprendre son escalade.

Je me précipite pour lui bloquer le passage sans vraiment réfléchir et lui attrape le bras que je retire tout de suite voyant que mon geste l'a mise mal à l'aise.

- Tu peux dormir chez moi si tu veux, proposais-je.

Je la vois froncer les sourcils, je réalise sur le coup que ma proposition peut paraître ambiguë.

- Enfin, j'ai un canapé…
- Non, ne t'en fais pas, je vais me débrouiller.

- Tu ne vas quand même pas passer la nuit dehors, c'est trop dangereux et puis tu vas mourir de froid.

Je commence déjà à ne plus sentir le bout de mes doigts. Je n'imagine même pas ceux qui malheureusement n'ont plus de toit et qui n'ont pas d'autres moyens que de dormir à l'extérieur. Il est hors de question que je laisse seule Esmée.

- On raccompagne mes amis, ensuite, on va chez moi, continuais-je suivi d'un sourire.

Je me rends compte qu'une fois de plus ma phrase est douteuse. Mais je la vois attraper son sac et mettre les bretelles autour d'une de ses épaules, prête à me suivre. Je me détourne pour faire un signe à Valentin, que je vois rire seul, adossé à un lampadaire. Je me retiens de sourire face à cette scène gênante, s'il n'y avait pas eu Esmée et si je n'avais pas envie de retourner vite au lit, j'aurais immortalisé ce moment par une vidéo, elle aurait pu me servir plus tard pour lui mettre la honte.

Nous continuons tous notre chemin, moi devant accompagné de Matt' et Valentin essayant de marcher le plus droit possible, ce qui se trouve être un sacré challenge pour eux. Je les laisse avancer, je ralentis le pas pour me retrouver aux côtés d'Esmée.

- Sinon, tu vas bien ? lui demandais-je.

- Ça peut aller, dit-elle sans lâcher ses yeux du sol.

Je continue de la regarder sans trouver quoi lui dire de plus, une ambiance pesante plane au-dessus de nous et je ne vois aucune solution pour y remédier. D'habitude j'ai pourtant un don pour mettre les filles à l'aise, mais avec Esmée c'est différent.

Maintenant que mes amis sont rentrés dans l'appartement de Matt', que je les sais en sécurité, je redescends les deux étages qui me séparent du hall de l'immeuble. Je retrouve Esmée sur le trottoir à m'attendre, je me retiens de sourire, je crois avoir eu peur qu'elle se volatilise pendant mes quelques minutes d'absence.

- On arrive bientôt, indiquais-je en reprenant ma marche.

Esmée reste toujours aussi peu bavarde. Tout le chemin se fait en silence. Je me retiens plusieurs fois de bâiller et de me frotter les yeux, fatigué, je n'attends qu'une seule chose, retrouver enfin mon lit pour terminer ma nuit qui sera plus courte que prévu.

Nous atterrissons dans l'ascenseur, je me permets de passer une main pour appuyer sur le bouton de l'étage où se trouve mon appartement ce qui la frôle en même temps.

- Excuse-moi, dis-je, gêné en me grattant la nuque.

Nous entrons le plus silencieusement possible dans l'appartement, j'allume la lumière avant de me débarrasser de ma veste.

- Tu peux t'installer là, dis-je en lui indiquant le canapé.

Esmée dépose son sac à ses pieds avant de prendre place sur son lit pour la nuit, je récupère le plaid qui était rangé dans un des placards du salon et le dépose à ses côtés.

- Je vais aller me coucher de nouveau, ma chambre est juste là si tu as besoin, dis-je tout en lui montrant la porte d'un geste bref.
- Merci, mais je pense que ça ira, me répond-elle en levant les yeux vers moi.
- Eh bien, je te souhaite une bonne nuit alors.
- À toi aussi et encore merci.

Je lui envoie un sourire avant de disparaitre dans ma chambre. Je jette un coup d'œil sur le réveil. Cinq heures, il me restait trois heures avant de me lever pour le travail. Camille dort toujours à points fermés. Si Esmée n'avait pas été là, elle ne se serait même pas aperçu de ma petite escapade nocturne. Mais je ne vais pas avoir le choix, dès que Camille se réveillera je lui donnerai une explication sur le fait qu'une jeune inconnue ait passé une petite partie de la nuit sur notre canapé.

Chapitre 10

Esmée.

La tête alourdie, je me relève du canapé. Cela fait quelques nuits que j'utilise des bancs comme lit, autant dire que je retrouve un peu le luxe de ma chambre d'hôtel. Des cris résonnent dans la pièce à côté qui se trouve être la chambre de Gabriel. Je me relève un peu et tout en me frottant les yeux, je tends l'oreille pour mieux écouter par curiosité.
- Tu es sérieux ? Pourquoi l'as-tu ramenée chez nous ? lance une voix féminine.
- Parce qu'elle était à la rue, je n'allais quand même pas la laisser dormir dehors, répond Gabriel.
- Alors, tu vas ramener tous les sans-abris chez nous ?
- Ce n'est pas non plus n'importe qui, je tiens à te le rappeler !
- Mais tu ne la connais pas pour autant !

J'en conclus que cela doit être sa copine. Je me sens d'un coup tellement nulle, elle avait raison au fond, qu'est-ce que je foutais ici ? Je me retrouve dans le salon de quelqu'un que je ne connais pas et qui ne me connait pas non plus. Une boule grossit dans ma gorge, je me lève d'un coup laissant glisser le plaid au sol. Les larmes montant à mes pupilles, je ne pris pas la peine de le ramasser, je récupère simplement mon sac et mes chaussures avant de quitter l'appartement en silence. Une fois derrière la porte, seule dans le couloir, une lumière s'allume automatiquement. J'en profite pour lâcher mes larmes et mettre mes chaussures aux pieds sans prendre la peine de faire les lacets avant de descendre par les escaliers tous ces étages pour rejoindre l'extérieur. Me voici de nouveau sur le trottoir à arpenter les rues pour rejoindre mon endroit préféré.

Mon ventre se met à gargouiller, je n'ai rien avalé depuis la veille à l'heure du petit déjeuner. Je fouille dans mes poches en me disant qu'il y a toujours des pièces qui y traînent. Je les compte dans la paume de ma main, avec dix euros je peux me trouver quelque chose de consistant, afin de tenir quelques heures. Je m'avance vers un café, je regarde attentivement le tableau noir où sont écrites les boissons et la nourriture et décide de m'installer en terrasse avant de rejoindre le parc. Je pose mon sac à mes pieds et m'adosse contre le dossier de la chaise en métal, je plonge mon visage dans mes mains, les images de mon altercation avec Paul refont surface. Je ressens encore ses mains serrer les poignets, ses mots me torturant le cœur. Pourquoi ces images me reviennent-elles d'un coup ? Parfois, je ne comprends vraiment pas ce qu'il peut se passer dans mon esprit, est-ce normal ou est-ce dû à la bipolarité ? Je n'en ai aucune idée. Je redoute cependant que la maladie devienne mon identité. J'accueille mes doutes et j'ai l'impression de faire la paix avec mes « 2 moi ». Comme si le fait de ne plus avoir le soutien de Paul me libère et me laisse plus entière.

- Mademoiselle ?

Une voix masculine me ramène à la réalité, je pose mes mains sur la table et lève mes yeux embués vers mon interlocuteur.

- Tout va bien ? me demande-t-il en fronçant les sourcils.
- Oui oui, dis-je en me frottant les yeux, pourrais-je avoir un café avec un sandwich jambon beurre s'il vous plait ?

- Je vous amène ça tout de suite.

Je le regarde débarrasser la table qui se trouve à côté de la mienne et souffle un grand coup au moment où je me retrouve seule. La terrasse est presque vide, seul un couple de personnes âgées partageant un petit déjeuner ensemble, cela me réchauffe le cœur de voir une si belle scène d'amour. J'aurais aimé vivre ce genre de moment avec Paul au moins une fois dans ma vie, mais je dois me faire à l'idée, cela n'arrivera jamais. Je me suis imaginé un conte mais j'étais la seule à l'inventer. Je me surprends à m'observer, vivre l'instant, la réalité du moment, là. Je n'invente pas ma vie je la vis. Paul n'est plus le tuteur de ma vie, le paravent de ma bipolarité.

- Tenez, me surprend le serveur.

Je sors les pièces de ma poche et lui tend après qu'il ait déposé mon drôle de petit déjeuner sur la table. Il me remercie avec un sourire et s'éloigne de moi, j'attrape la tasse fumante avec mes deux mains pour me réchauffer le bout de mes doigts. Je prends une petite gorgée et mange délicatement mon sandwich pour savourer chaque bouchée. J'admire le décor se jouant devant moi, quelques passants par-ci par-là, les rayons du soleil apparaissant et disparaissant au gré des nuages. J'observe les fleurs sur le trottoir d'en face, secouées par le vent. La terrasse commence à se remplir de plus en plus, les places se font rares, les regroupements d'amis, ou de collègues pour leurs pauses déjeuners m'envahissent. Mon repas terminé, je m'éclipse, laissant ma place à deux jeunes femmes très chics qui ne perdent pas de temps pour récupérer ma table. J'aurais vraiment passé ma matinée sur cette terrasse sans me rendre compte du temps qui passe.

Je me trouve toujours parmi la foule et l'après-midi s'est écoulée aussi vite que le début de journée. Je déambule dans les petites rues accompagnée de mon fidèle sac à dos. Je fais l'effet d'une tortue. Ma maison sur le dos accompagne mes pas et me rassemble. N'avoir pris que les vêtements de ma vie d'avant, Paul me permet de sortir de ma chrysalide. Un clocher d'Eglise ne se trouvant pas très loin sonne dix-huit heures, l'heure où la grande partie des salariés quittent leur travail. Les parisiens et l'impolitesse ne font qu'un, je tente comme je peux d'éviter les bousculades, sans succès. Blasée par le trottoir bondé, je traverse la route d'un pas décidé, manquant de me faire renverser par une voiture. Je me trouve enfin à quelques pas du parc, je passe le portail, fais un petit tour près de la boîte à livres comme à mon habitude, même si cette fois-ci, je ne ressens pas le même bonheur. Il va me falloir de quoi m'occuper jusqu'à ce que le sommeil m'emporte. Après avoir lu tous les résumés, je prends le livre qui me tente le plus. Je m'installe sur ce banc auquel je tiens tant, dépose mon sac rempli de mes affaires à mes côtés et me plonge dans ma nouvelle lecture.

Parfois, je lève le nez du livre pour regarder ce qu'il se passe autour de moi, je reconnais certains visages, ces habitués comme moi qui aiment cet endroit apaisant. Il y a cette jeune femme assise sur un banc non loin de moi, lisant, elle aussi un bouquin, à pianoter par moment sur son téléphone, vite déconcentrée de son livre. Elle a l'air triste, je ne sais dire si cela a un rapport avec l'histoire qui se trouve dans les pages ou avec son téléphone. Je la regarde quitter le parc ainsi que les autres personnes, me retrouvant au fur et à mesure, seule. Je ne cherche même pas à me cacher, à ma connaissance, les gardes de ce parc ne font pas le grand tour avant de fermer à clé le grand portail. La nuit commence à tomber, je suis dans l'inconnu concernant l'horaire, tout ce que je sais c'est que mon ventre gargouille et mes paupières se font lourdes, ne suivant pratiquement plus l'histoire du bouquin.

La nuit apparaît, la température baisse un peu plus à chaque heure passée, le livre glisse de mes mains, atterrissant sur le sol. J'arrange mon sac posé au bout du banc pour qu'il me soit aussi confortable qu'un oreiller et y dépose ma tête. Maintenant allongée, recroquevillée sur moi-même j'attends que les bras de Morphée m'emportent. J'espère au plus profond de moi que cette nuit passera en un éclair pour voir de nouveau le jour et la vie autour de moi dès demain. Malheureusement, ça ne se passe pas comme je l'aurais voulu. Des cris de personnes ivres mortes résonnent dans les rues, des klaxons et d'autres bruits qui me sont étrangers m'empêchent de fermer les yeux par peur que quelque chose ne m'arrive. Mon corps tout entier tremble sous la fraîcheur, je me frotte les jambes et les bras pour me réchauffer, mais en vain. Alors je prends sur moi et attends encore et encore en espérant que j'arriverais enfin à m'endormir et surtout que je me réveillerais vivante au petit jour.

Chapitre 11

Gabriel.

Je quitte l'appartement pour faire mon footing du dimanche matin. Musique aux oreilles, j'essaie de me concentrer sur mon trajet habituel et chasser de mes pensées Esmée qui a pris la fuite la veille. Le dernier album de Lomepal en fond, je me focalise sur ma course, sur le chemin que je prends comme à mon habitude.

Depuis mon réveil, le visage d'Esmée hante mes pensées, je n'arrive pas à comprendre pourquoi elle reprend possession de mon esprit d'un coup. Moi qui commençais à passer à autre chose depuis deux jours, tout a basculé d'un coup, comme si la croiser en pleine nuit n'était pas un hasard. Depuis son départ de l'appartement sans un au revoir, ni un merci, une nouvelle fois. Je me suis senti à coté de mes pompes d'avoir voulu lui venir en aide en ne connaissant rien d'elle. Perdre ainsi le contrôle de mes décisions me fragilise. Je me revois encore, surpris de retrouver mon séjour vide, sans sa présence sur le canapé, le plaid jonchant à moitié sur le sol, et surtout son parfum qui volait encore dans les airs. Je n'arrive pas à m'empêcher de m'inquiéter pour elle, ce qui est incompréhensible. À la fois, je suis déçu par son comportement et en même temps, j'ai si peur de ce qui pourrait lui arriver, avec ce que m'a rapporté l'infirmier la dernière fois. Je me dis qu'elle pourrait retenter de disparaître sans retour, à tout moment.

Par curiosité, je décide de changer mon trajet et passe aux alentours du parc dans lequel je l'ai retrouvée la première fois, afin de la voir assise sur un banc ou en train de se promener pour que cela me rassure et que je passe à autre chose, au moins pour la journée.

Je ralentis ma foulée, je reconnais tout de suite le sweat d'Esmée, elle est allongée sur un banc en bois, se servant de son fidèle sac à dos comme oreiller. Des personnes passent devant elle sans s'en préoccuper, ce qui me fait mal au cœur. Je jette un coup d'œil vers le café qui se trouve sur le trottoir en face de l'entrée du parc où le propriétaire installe une pancarte en ardoise pour afficher les offres du jour. Après une dernière inspection vers Esmée qui doit se trouver dans un profond sommeil. Je m'avance vers le commerce et y rentre en enlevant mes écouteurs en même temps.

- Bonjour, je vais vous prendre deux cafés et, et… dis-je en hésitant devant la vitrine remplit de viennoiseries qui donne plus envie les unes que les autres. Trois croissants, trois pains au chocolat et mettez-moi aussi une dizaine de chouquettes, continuais-je en montrant chaque chose avec mon index.

Je ne peux pas m'empêcher d'imaginer qu'Esmée doit mourir de faim, je n'ai même pas eu le temps de lui offrir quoi que ce soit hier matin pour remplir son ventre.

- Ça sera tout ? Me demande l'homme en me regardant blasé, comme si je le dérangeais.

Je me contente de répondre d'un signe de tête, un peu apeuré par sa carrure et certains de ses tatouages de têtes de mort qui habillent ses bras. Je sors un billet de mon portefeuille et lui tend. Je tente de récupérer la monnaie qu'il me présente, mais avec mes mains prises par toutes ces viennoiseries je ressemble à un jongleur malhabile.

- Gardez la monnaie, dis-je pour ne pas me prendre la tête une seconde de plus et rejoindre Esmée. J'ai comme un sentiment d'urgence.

Il me sourit, je remarque tout de suite qu'il lui manque deux dents ce qui n'arrange rien à son air effrayant. Je me précipite vers la sortie en prenant soin du mieux possible de ne rien renverser. Je traverse la route entre deux voitures, avant de rentrer dans le parc et je m'approche enfin d'Esmée qui n'a pas bougé d'un poil, elle est tellement belle et apaisée comme ça. Sa bouche entrouverte, une main déposée sur sa poitrine, ses pieds dépassent à peine de la fin du banc, je n'ai même pas envie de la réveiller. Mais maintenant que j'ai acheté cet énorme petit déjeuner, je n'ai plus trop le choix.

- Esmée, dis-je doucement pour ne pas lui faire peur.

Je tente une seconde fois, puis une troisième avant de la voir réagir. Elle sort un petit bruit en étirant ses bras au-dessus de sa tête et en craquant ses doigts avant d'ouvrir les yeux et de les poser sur moi.

- Gabriel ? Mais, qu'est-ce que tu fais là ? Me demande-t-elle sous le choc. Je remarque qu'elle prononce d'une voix envoûtante mon nom.

Elle soulève ses jambes pour s'asseoir sur le banc, j'en profite pour m'installer à ses côtés.

- Je te cherchais, tu es partie comme une voleuse hier, répondis-je.

- Je ne me sentais pas trop la bienvenue et même si je te suis très reconnaissante de m'avoir accueillie, je ne veux pas mettre la pagaille dans ton couple.

J'en conclus qu'elle nous a entendu nous disputer Camille et moi, avant que je me rende compte de son départ de l'appartement. Je comprends mieux désormais la cause de son échappée précipitée. Je lui tends un gobelet de café et garde le mien avant d'y boire une gorgée, ce qui me fait du bien après mon footing.

- Merci, me répond-elle d'une petite voix.

Elle ramène ses jambes en papillon et pose ses deux mains autour de la boisson chaude.

- Tu es restée ici toute la nuit ?.

Elle hoche la tête.

- Et ça a été ?
- Je n'ai pas aussi bien dormi que dans ton canapé, mais ça a fait l'affaire et puis ce n'était pas la première fois, dit-elle en regardant au loin, tenant fermement son gobelet.

Cela me fait mal d'apprendre ça, de la savoir seule au point de dormir la nuit dehors. De savoir qu'elle peut être en danger et que quelque chose d'horrible peut lui arriver à tout moment.

- Tu veux qu'on se promène un peu ?

Je crois que je trouverais toutes excuses possibles pour mettre sur pause le temps avec elle. Elle est remplie de mystères que j'ai envie de creuser et connaître un peu plus à chaque fois que je la vois.

Alors que nous longeons la foule du dimanche, j'ai l'impression que toute la ville a décidé de sortir dans les rues. Je propose à Esmée de partager un sachet de churros en voyant le stand un peu plus loin. Je suis à la trace l'odeur qui m'ouvre l'appétit, même si nous avons terminés nos viennoiseries quelques minutes auparavant. Je tends le sachet à Esmée juste après avoir donné l'argent à la vendeuse pour qu'elle puisse se servir et nous continuons notre balade.
- Sinon, tu fais quoi dans la vie ?
- J'attends, me sort-elle doucement.
- Quoi ?
- Je ne sais pas.

Cette conversation m'embrouille l'esprit. Ce même genre de sensation que me procurent mes soirées trop alcoolisées avec Matt' aux heures folles de la nuit.
- Du coup, tu ne fais rien ? Demandais-je perplexe.
- Je travaille par-ci, par là, me répond-elle en croquant dans un nouveau churro.

Elle reste vague sur ses réponses, je ne sais pas si c'est parce qu'elle est timide ou parce qu'elle se moque que je m'intéresse à elle. Il y a tellement de mystères en une seule personne. Alors que je m'apprête à ouvrir la bouche pour poser une nouvelle question, je la vois partir en furie dans la foule, jetant son sac sur le sol.
- Esmée ! L'appelais-je.

Je regarde dans tous les sens pour essayer de l'apercevoir avant d'entendre la voix d'une femme hurlant sur quelqu'un. Je m'en approche et discerne Esmée en train de frapper de toutes ses forces le torse d'un homme qui ne sait comment réagir.
- Esmée, criais-je une nouvelle fois en me précipitant sur elle pour l'extirper de l'homme, perdant le sachet de churros des mains dans mon élan.
- Mais c'est qui cette folle ? Tu la connais ? Lance la femme.

Elle doit surement être la compagne de l'homme à qui Esmée veut arracher les yeux.
- Non, je ne sais pas qui c'est, je ne l'ai jamais vu, c'est une folle, dit-il sur un ton hautain.

Alors que j'avais réussi à la tenir contre moi, les mots de l'homme empirent la rage d'Esmée qui arrive à s'échapper et le frappe une seconde fois. Il essaie tant bien que mal de se protéger le visage. Je reste estomaqué par cette scène face à moi. Et par Esmée que je ne reconnais pas. Son visage, son corps sont transformés par cette rage presque animale.

Je la vois s'époumoner, s'épuiser, comme si blesser cette personne était le but final de sa vie. Les coups de poings fusent, se logeant principalement sur le haut du corps de sa victime. Lui ne se débat pas. Il se contente simplement de se protéger le visage à l'aide d'un de ses avants bras. Et moi, je reste impuissant devant cette foule. Certains d'entre eux dégainent leur téléphone pour filmer plutôt qu'agir pour essayer d'apaiser les choses comme tout humain aurait dû le faire. Comme des spectateurs devant une scène de théâtre. Le couple, lui, ne sait pas où se mettre, gêné par l'agressivité d'Esmée. La femme cherche désespérément quelque chose dans son énorme sac à main. Je me lance une seconde fois sur elle, passe mes bras autour de sa taille pour la soulever et l'écarter du couple.

- Esmée, calme-toi, dis-je en essayant de ne pas me prendre de coup.

Je recule comme je peux tout en poussant les personnes qui me gênent sur mon passage, Esmée, elle, continue de gesticuler dans tous les sens. Je remarque

la femme qui passe un coup de fil, ainsi que l'homme qui lui, remet de l'ordre à sa tenue.
- Allô, la police ! Hurle-t-elle tout en se bouchant l'autre oreille pour ne plus entendre la foule autour.
- Tu vas le regretter, hurle Esmée une dernière fois.

L'homme lui jette un dernier coup d'œil, différent cette fois-ci, comme s'il prenait en compte cette menace. Il récupère le téléphone et raccroche, alors que sa femme était en pleine explication.
- Pourquoi as-tu fait ça ? demande-t-elle, à son mari, désorientée.
- Laisse tomber, on y va, lance-t-il froidement avant de faire demi-tour et de s'éloigner.

Je la garde un instant dans mes bras. Son dos contre mon torse, ses cheveux balayant mon visage à chacun de ses mouvements. Je clos les paupières, évitant ainsi leur intrusion au creux de mes yeux.
- Lâche-moi Gabriel, lâche-moi, il faut que je lui règle son compte.

Je ne veux pas la voir se ridiculiser une seconde de plus devant ces centaines de regards. Je réussis à l'escorter jusqu'au premier banc de libre qui se trouve sur notre chemin. Je la desserre de mon corps et l'aide à s'asseoir, elle a l'air tellement épuisée, à bout de souffle, en même temps, elle a tout donné pour lui montrer sa haine. Elle semble désormais sans vie. Je n'ai jamais vu une femme avoir autant de souffrance en elle et encore moins l'exprimer ainsi, sans se préoccuper du public autour d'elle.

- Pourquoi tu te mets dans un état pareil ? Lui demandais-je en me retenant pour ne pas m'énerver.

Elle ne peut pas répondre ou elle ne le veut pas, son visage est devenu d'un coup livide, impossible de savoir ce qu'il peut se tramer dans sa tête. Certainement plongée sans ses souvenirs, elle s'est coupée du monde et surtout de moi.

- Viens avec moi, dis-je après mettre levé, en lui tendant ma main.

Esmée l'attrape après un moment, le regard dans le vide et se lève du banc à son tour pour me suivre. Plus loin, j'attrape les anses de son sac à dos abandonné après l'altercation entre Esmée et l'homme.

J'ouvre la porte de mon appartement et passe seulement ma tête pour regarder à l'intérieur. Malheureusement pour moi Camille est là, concentrée dans la lecture d'une recette de cuisine. Je dois donc faire passer la pilule d'avoir ramené Esmée et ça ne va pas être chose facile.

- Salut, dis-je timidement en passant le pas de la porte.

Prête à me répondre, elle s'arrête d'un coup voyant Esmée rentrer à son tour dans l'appartement.

- Tu oses ramener une nouvelle fois cette folle chez nous ? lance Camille sans filtre. Pour elle fragilité rime avec folie. Je déteste la voir faire ce raccourci, je me sens étranger à ce sentiment. Même si elle ne la porte pas dans son cœur, je suis choqué face à une telle méchanceté de sa part.
- Esmée, tu peux aller utiliser la salle de bain si tu veux, dis-je en lui indiquant le chemin d'un geste de la main.

Une fois mon invitée disparue, je réponds enfin à Camille, bouillonnant de l'intérieur.

- Tout d'abord, tu ne parles pas d'elle comme ça, ensuite, nous sommes chez moi, alors si je souhaite venir en aide à quelqu'un, j'en ai tout à fait le droit…
- Je n'ai pas mon mot à dire ? Me lance-t-elle, le regard de plus en plus noir.

Non, Camille, je suis désolé, mais elle n'a personne chez qui aller et je ne peux pas la laisser dehors, il en est hors de question !
- Mais elle prend beaucoup trop de place dans ta vie Gabriel, me dit-elle en fronçant les sourcils.

Mes prunelles dans les siennes, je lui tiens tête, il est hors de question qu'Esmée parte d'ici et passe une nuit de plus dehors dans le froid.
- Tu dois faire un choix, c'est elle ou moi !
- Tu es sérieuse ? lui demandais-je sous le choc de son ultimatum.

Elle ne me lâche pas du regard et croise les bras sur sa poitrine en attente de ma réponse.
- Tu sais quoi ? Toi, tu fais ce que tu veux, mais Esmée reste ! lui dis-je en me retenant de ne pas élever ma voix.

Son regard se durcit encore plus, encore plus que quand elle ne croit pas à mes mensonges après mes nuits d'absence. Je sais qu'elle veut me faire passer pour le méchant dans l'histoire, qu'elle n'accepte pas qu'une autre femme puisse être chez moi. Comme si elle prenait Esmée pour une rivale, alors que je lui ai répété à plusieurs reprises qu'elle ne m'intéressait pas. Je la regarde se précipiter d'un pas lourd vers la chambre. Je m'aperçois au même moment qu'Esmée est réapparue dans le séjour sans un bruit, elle fixe ses pieds, mal à l'aise face à cette situation et je la comprend. Camille revient, toujours en furie dans la cuisine avec sa valise roulante à ses côtés, je n'arrive pas à croire qu'elle ait réussi à la remplir en si peu de temps.

- Tu t'en vas vraiment ? lui demandais-je blessé par son comportement.

Elle continue de s'agiter dans tous les sens pour récupérer sa veste qui trône sur le porte-manteau et son sac à main sans me donner une seule réponse et disparaît de l'appartement, laissant derrière elle un lourd silence.

Je ne sais pas comment réagir à mon tour, je laisse Esmée déposer son sac de voyage sur le canapé et tente de trouver, de quoi briser le froid que Camille a réussi à installer en si peu de temps.

- Je suis désolée.

C'est finalement elle qui trouve quoi dire avant de se poser contre le dossier du canapé.

Je lui fais un petit sourire pour la rassurer avant de taper dans mes mains pour me motiver à cuisiner. Je tourne sur moi-même en réfléchissant ce que je pourrais bien préparer.

- Des spaghettis, ça te convient ?

- C'est parfait, me lance-t-elle avec un sourire.

C'est la première fois que je vois son visage rayonner comme ça, je ne pensais pas faire un tel effet avec seulement des pâtes, mais elle n'a pas dû manger un vrai repas depuis un long moment. Je veux dire, hormis le petit déjeuner démesuré de ce matin. Je reste un peu immobilisé devant elle, je reluque chaque détail de son visage, comme si je le découvrais pour la première fois. Ses yeux d'un vert hypnotisant, ses pommettes rosées et même ses lèvres gercées sont magnifiques. Je secoue la tête pour me re-connecter à la réalité. Mais qu'est-ce que je fais ? Elle est jolie certes, mais elle ne peut pas m'intéresser, elle est malade, je ne sais pas de quoi elle est capable. Je lui rends tout simplement service quelques jours, après, je la laisserai reprendre le cours de sa vie et je ferai de même de mon côté.

Chapitre 12

Esmée.

- Je suis certaine qu'on peut rentrer dans ce parc, dis-je les bras croisés sur la poitrine en louchant sur le haut du portail.
- Tout est fermé Esmée.

Après avoir tenu tête pendant tout le repas à Gabriel, lui affirmant qu'il était possible de se faufiler dans le parc où j'ai mes habitudes une fois l'horaire dépassé, nous y voilà en pleine nuit, devant l'entrée. L'air est terriblement froid, mais qu'importe, j'ai un objectif en tête et je ne le lâcherai pas. Rentrer dans ce parc et surtout ne pas donner raison à Gabriel.

- Il y a bien un moyen, dis-je.
- De toute façon, j'imagine que tu ne passeras pas à autre chose tant que tu n'auras pas le fin mot de l'histoire ?
- Exactement ! m'exclamais-je avec mon plus beau sourire.

Je ne pourrais pas rentrer à l'appartement et je ne pourrais notamment pas dormir tant que je n'aurais pas résolu cette énigme que je me suis imposée. Gabriel me propose de partir d'un côté et moi à l'opposé afin que l'on puisse plus rapidement trouver comment entrer à l'intérieur du parc. J'ai beau scruter le mur qui l'entoure, il est impossible de grimper par-dessus. Je reviens sur mes pas et vois peu à peu Gabriel s'avancer vers moi. Arrivé à ma hauteur, il se contente de hausser doucement les épaules comme s'il avait peur de me décevoir.

- Je crois que hormis escalader le portail, on ne peut pas rentrer, dit-il en levant les yeux.
- Pire qu'une forteresse ! ajoutais-je.

Je hausse les épaules à mon tour et m'y résouds, nous allons devoir grimper. Je lance mon plus beau sourire à Gabriel et j'empoigne deux barreaux en fer avant de poser un pied dessus et de pousser pour commencer à escalader.

- Mais qu'est-ce que tu fais ? me demande Gabriel, comme s'il était au bout de sa vie.
- Bah, tu l'as dit toi-même, il faut passer par le portail pour pouvoir rentrer.
- Ce n'est pas pour autant qu'il faut le faire, m'annonça-t-il, laissant place à l'inquiétude. C'est

dangereux Esmée et en plus de ça il fait vraiment froid là.
- Je ne vois absolument pas ce qu'il y a de dangereux. lui fais-je remarquer en regardant le haut du portail.

Je continue mon escalade en me tenant bien, laissant Gabriel parler dans le vide. Une fois arrivée tout en haut, je passe une jambe puis la seconde, mettant toutes mes forces dans les bras pour bien tenir le fer. Me voilà redescendant le portail de l'autre côté pour atteindre le sol. Je saute de joie avant de regarder en direction de Gabriel, qui se trouve toujours sur le trottoir. Le portail nous séparant, je plante mes yeux dans les siens et croise mes bras sur ma poitrine, en mode Wonder Woman.
- Bon, je t'attends où je fais ma balade nocturne sans toi ? Je débite en me mettant à taper du pied pour lui montrer mon impatience enfantine.

Les mains dans les poches de son jean, fixant le haut du portail, je pouvais sentir sa peur, mais je me retins de rire pour ne pas blesser son égo.
- Gabriel ? Tu as peur ?
- Bien sûr que non, me répond-il en fronçant les sourcils et en bombant le torse.

- Alors, tu attends quoi ? Si moi j'ai réussi, tu peux très bien y arriver, montre-moi de quoi tu es capable avec tes muscles.

Je sais qu'en le mettant au défi, il se motivera, ce que je conclus en voyant un sourire se dessiner sur son visage. À son tour, il attrape les barreaux et grimpe. Le temps qu'il me rejoigne, j'en profite pour admirer ce que je peux voir autour de moi. Avec les lampadaires allumés qui se trouvent sur le trottoir, ma vision est très réduite. Je peux apercevoir non loin d'ici mon banc fétiche et quelques branches se balançant à l'aide du vent.

- Me voilà ! m'annonce-t-il en sautant pour atterrir à côté de moi.

Je le vois sortir son téléphone portable de la poche de sa veste et activer le flash pour que nous puissions voir où poser les pieds. J'accroche mon bras au sien sans lever les yeux vers lui pour avoir son approbation. Un sourire s'installe sur mon visage voyant qu'il ne me rejette pas.

Nous faisons trois fois le tour du parc avant d'enfin nous installer sur un banc et nous en profitons le plus longtemps possible.

Je me réveille en douceur, relevant ma tête d'une épaule, celle de Gabriel, que je vois encore endormi, sa tête en arrière sur le dossier en bois. Je réalise que nous nous sommes tous les deux assoupis sur un des bancs. Les rayons du soleil se font timides, il doit encore être tôt, personne dans le parc autour de nous. Je passe ma main sur l'une des joues de Gabriel afin de le réveiller en douceur. Ses yeux s'ouvrent difficilement ce qui me fait sourire, ses pupilles brillent face à la lumière du jour. Nous avons échangé pendant des heures et des heures, apprenant à nous connaître encore plus. Je n'avais jamais connu de relation aussi fluide et naturelle. Je découvre quelque chose qui me réchauffe l'âme. Mon cœur est en terre nouvelle.

Gabriel me propose d'attendre l'ouverture du portail gentiment avant d'aller nous installer sur une terrasse non loin d'ici, pour que nous puissions prolonger ce doux moment avec un bon petit déjeuner. J'accepte immédiatement. Je voulais moi aussi que cet instant dure encore et encore.

Chapitre 13

Gabriel.

Je termine enfin ma journée de travail. Je trouvais déjà les journées longues au bureau, mais depuis que je sais qu'Esmée est chez moi à m'attendre, je les trouve bien plus qu'interminables. Avant de quitter officiellement mon travail, je m'accorde un petit moment de calme avec un café.

Je regarde la rue passante : du cinquième étage où se trouvent les bureaux, nous pouvons voir un décor splendide, les immeubles anciens donnent un charme fou à cette rue passante. Il y a aussi les Parisiens qui se pressent pour arriver le plus vite possible chez eux. La beauté du quartier tranche avec la vulgarité du comportement des passants.

Je sens une présence dans mon dos, ce qui me sort de mes pensées, et me retourne pour découvrir Matt' attendant devant la machine à café. Je sais qu'il a souvent du mal à choisir entre un expresso et un café latte. Il peut y rester des minutes sans prêter attention à l'énorme bouchon derrière lui, sans que cela ne lui pose problème.

- Tout va bien Matt' ? lui demandais-je avant de prendre une gorgée de ma boisson.

Il ne répond pas, met sa pièce dans la machine et fait son choix, attendant en silence que son gobelet se remplisse.

- Matt ? reprenais-je.
- Ça y est tu te souviens de moi ? me répond-il enfin en se tournant vers moi les mains sur la taille.
- Qu'est-ce qu'il te prend ? dis-je stupéfait par son comportement.
- Mec, ça fait des jours qu'on ne s'est pas vus.
- On se voit tous les jours au travail, dis-je en haussant les épaules, ne comprenant pas où il voulait en venir.
- Oui, au travail mais, pas en dehors, on ne te voit plus avec les gars.
- C'est juste qu'en ce moment, j'ai pas mal de choses à faire, dis-je en baissant les yeux sur mon café.
- Cela ne serait pas en rapport avec une fille que tu héberges ?

Je reste bloqué un moment.

- Comment es-tu au courant ? demandais-je en articulant chaque mot, ne comprenant pas d'où il tenait cette info.
- J'ai croisé Camille dans un bar hier soir, elle était avec ses amis. Quand je suis allé la voir, je l'ai trouvée tendue, je lui ai demandé ce qu'elle avait et là, elle m'a annoncé que vous n'étiez plus ensemble. Elle était d'ailleurs surprise de voir que je n'étais pas au courant…

Je lève les yeux au ciel et lâche un énorme soupir, avec tout ça j'ai complètement oublié de lui parler de notre rupture.

- Je me suis senti très con, continue-t-il sans me lâcher des yeux.
- Je suis désolé, je m'en veux de ne pas t'avoir tenu au courant.
- Désolé ? Je suis au courant de chaque instant de ta vie depuis que l'on se connait, je suis toujours le premier que tu viens voir ou que tu appelles dès qu'il se passe quelque chose dans ta vie…
- C'est vrai, tu as raison, répondis-je en le coupant.
- Je n'ai aucune excuse.
- Et cette fille ?
- Esmée.
- Alors qui est réellement Esmée pour toi ?

- Une personne que j'aide.
- C'est tout ?
- Bien sûr, dis-je sèchement.

Je sais où il veut en venir et je veux qu'il comprenne qu'il est totalement à côté de la plaque.

- Alors, tu vires Camille de chez toi juste pour une personne comme ça, que tu aides ?
- Ce n'est vraiment pas ce qu'il s'est passé, Camille est partie d'elle-même.
- Ce n'est pourtant pas ce qu'elle m'a dit…
- Tu sais bien qu'elle aime extrapoler par moment.
- Comment je peux le savoir, je ne connais que sa version ?

J'ai trahi notre lien de confiance et il faut que je trouve quelque chose pour me rattraper auprès de mon ami, de mon meilleur ami.

- Et si je te donnais ma version ce soir ?

Il lève un sourcil, ne voyant pas où je veux en venir.

- Tu préviens les autres, on se rejoint tous à notre bar habituel ?
- Et tu comptes venir avec la fille ?

Je lui lance un regard noir comme s'il venait de mal parler d'elle. Je me trouve très vulnérable quand Esmée devient le sujet de conversation.

- Tu comptes venir avec Esmée ? recommence-t-il gêné par mon regard.
- Seulement si cela ne pose pas de problème, répondis-je.
- Pour moi, aucun, termine-t-il avec un sourire.

Nous faisons une accolade avant de nous quitter. Je regarde mon ami s'éloigner dans le couloir. Je termine la fin de mon gobelet d'une traite et quitte à mon tour les lieux, pour enfin rejoindre Esmée et lui annoncer le programme du soir.

Chapitre 14

Esmée.

J'ouvre les yeux, la voix de Gabriel me sort de mes songes, je venais de m'assoupir devant la télévision. Je me frotte les yeux pour évacuer ma vue troublée et lève le plaid, réalisant que je me trouve toujours dans la même tenue. Encore une fois, je n'ai rien fais de la journée et j'en ai mauvaise conscience.
- Je ne savais pas lequel tu préférerais, alors j'ai pris les deux.
- D'accord, répondis-je doucement.

Gabriel dépose deux sacs en papier sur la table haute, un mélange d'odeur parvient jusqu'à mes narines ce qui me fait lever du canapé pour m'en rapprocher.
- Nourriture chinoise ou pizza ?

Je me retrouve dans l'incapacité de choisir entre les deux plats. Ma lèvre supérieure se met à trembler,

mes doigts jouent entre eux, mes yeux passent d'un sac à l'autre. Tout s'embrouille dans ma tête.
- Esmée ? Tout va bien ? me demande-t-il en posant une main sur mon épaule.
- Oui, oui, répondis-je encore soucieuse.
- Tu sais, si tu n'arrives pas à choisir, on peut toujours partager, me suggéra-t-il.

Je hoche la tête, en essayant de reprendre le contrôle de ma respiration. Je fais glisser le tabouret qui se trouve à côté de moi pour m'y asseoir et jette un coup d'œil à Gabriel qui semble surpris par ma réaction.

Je commence par piocher dans le repas chinois et remplis à moitié l'assiette que Gabriel dépose devant moi. J'ouvre la boite à pizza en carton et me prends une part, tout en profitant de l'odeur encore une fois qui monte à mes narines. Tout le long du dîner, je laisse Gabriel parler. Je ne place aucun mot. À vrai dire, je n'ai rien à raconter vu le triste programme de ma journée. En revanche, lui a toujours de quoi monologuer. Alors j'essaie de l'écouter le plus attentivement possible sans me perdre dans ce brouillard qui parfois inonde mes pensées.

- Je vais aller me coucher, dis-je après avoir terminé ma deuxième part de pizza.
- Non, attends, ce soir, on sort !
- Je me relève doucement du tabouret tout en analysant, ce qu'il vient de me dire.
- Comment ça ? demandais-je, perdue.
- On va allez boire un verre avec mes amis.
- Non, merci, répondais-je simplement.
- Ah ! Mais je ne te laisse pas le choix.
- Ce n'est pas une bonne idée Gabriel.
- Je ne me sens pas dans mon assiette, je n'ai envie que d'une seule chose, rester sur le canapé, rien d'autre.

Je regarde Gabriel débarrasser nos assiettes à la va vite. Je reste plantée au milieu du séjour le voyant partir dans tous les sens avant notre départ. Je n'ai pas la force de me débattre, tout ce que je sais c'est que je vais passer une mauvaise soirée. Je sors de ma zone de confort, Paul m'avait habituée à l'ombre.

Je découvre ce bar dont il m'a tant parlé. Habillée d'un t-shirt noir emprunté à Gabriel, qui bien sûr est trop grand pour moi, rentré dans un jean devenu trop large à force de perdre du poids. Je me rends compte qu'à côté des autres femmes, je ne fais pas très présentable. Je le surprends à me dépasser après m'avoir ouvert la porte et je le vois faire des accolades à deux autres hommes que je présume être ses fameux meilleurs amis. Je me rapproche doucement, essayant de sourire pour leur montrer que je suis contente d'être là, alors que c'est loin d'être le cas. Gabriel se retourne vers moi, les yeux pétillants.

- Du coup, je vous présente Esmée, annonce-t-il.

Je fais le tour des regards posés : deux hommes avec leurs styles à eux, bien différents du style classique de Gabriel. L'un d'eux est habillé d'un pantalon de costard retroussé aux niveaux des chevilles, un t-shirt blanc et une veste de costard, on pourrait croire qu'il sort juste d'une réunion de travail. L'autre homme, lui, n'a fait aucun effort à côté avec son énorme sweat coloré et son bas de jogging. Tous deux me fixent comme si j'étais une bête de foire, je me sens mal à l'aise, oppressée même. Celui qui est en tenue sportive se rapproche de moi, pour coller sa joue contre la mienne avant de faire la même chose de l'autre côté.

- Valentin, enchanté, me sort-il avec son plus beau sourire charmeur.
- De même, dis-je d'une petite voix.

- Et moi Matt', ajoute l'autre homme aux cheveux frisés.

Je lui lance le meilleur faux sourire dont j'ai le pouvoir avant qu'il s'approche de moi à son tour pour me saluer en collant lui aussi ses joues contre les miennes.

- On a déjà commandé, lance Matt' en nous montrant leurs verres sur la table.
- Vas-y installe-toi, je vais nous chercher des bières aussi, me glisse Gabriel à l'oreille pour que je puisse l'entendre au milieu de ce brouhaha.

J'obéis et j'en profite pour enlever ma veste avant de la poser sur mes genoux. Matt' et Valentin discutent entre eux pendant que je fixe la table ne me sentant pas à mon aise avec toute cette foule dans ce si petit lieu.

- Sinon Esmée, tu fais quoi dans la vie ?

Je sursaute à l'entente de mon prénom qui me sort directement de mes pensées. Je vois leurs quatre yeux bloqués sur moi.

- Pardon ? dis-je pour le faire répéter.
- Je disais… recommence Matt'.
- C'est bon ! lance Gabriel en déposant nos verres sur la table.

Je remercie intérieurement Gabriel d'être arrivé au bon moment. J'ai pu échapper à un interrogatoire de la part de ses amis. Il lève sa boisson pour trinquer, quand je vois qu'il approche son verre de moi, je comprends qu'il faut faire de même. J'attrape mon verre et cogne doucement ma boisson fraîche à la sienne.

Je laisse les garçons discuter entre eux, de souvenirs, de travail et surtout de conquêtes amoureuses. Moi, j'attends que les heures s'écoulent. Ma tête appuyée sur une main, je les dévisage à tour de rôle, enchaînant leur seconde boisson alcoolisée.

Je bois la mienne, petit à petit, cette sensation dans ma gorge me déplaît au plus haut point. Mais je m'efforce de le faire et surtout de rester, sans quitter ce bar, car je sais que ma présence fait étrangement plaisir à Gabriel et je lui dois bien ça après tout ce qu'il fait pour moi. Je le trouve particulièrement joyeux ce soir. Ses yeux sourient autant que ses lèvres et il est encore plus beau à voir. Je me surprends à rester bloquée sur son visage sans vraiment écouter ce qu'il dit. En jetant un coup d'œil à Matt' qui se trouve en face de moi je devine qu'il s'imagine des choses. Au même moment, une bande d'amis débarque dans le bar, augmente le bruit déjà trop présent pour moi. Sans délicatesse, l'un d'eux me bouscule et manque de faire tomber mon verre. Heureusement pour moi, seules quelques gouttes atterrissent sur mon pantalon.

- Tout va bien Esmée ?

Non Gabriel, tout ne va pas bien, je ne me sens pas bien. Je veux rentrer chez toi, je ne supporte pas le monde autour de moi, j'ai besoin de calme, j'aimerais me recroqueviller sous une couverture et dormir des jours et des jours pour qu'on me laisse tranquille. Mais je ne peux pas te répondre ça.

- Je vais rentrer, je suis désolée, annonçais-je sans le regarder dans les yeux pour ne pas faire face à sa déception.

Je me lève du tabouret, lance un signe de la main, pour saluer le groupe avant de me mélanger à la foule et surtout de disparaître du bar.

Je lève le visage, ferme les yeux et prends une énorme bouffée d'air, j'ai l'impression d'avoir été en apnée pendant des heures.

Sur le chemin du retour, j'entends des pas rapides se rapprocher de moi.

- Esmée, attends-moi !

Je reconnais la voix de Gabriel directement, en même temps qui d'autre courrait après moi ?

- L'air frais me fait du bien. Mon moral est toujours au plus bas, mais au moins il n'y a plus de bruit, plus de foule, plus de phrases entremêlées dans une même pièce. Je peux enfin de nouveau respirer et avoir l'esprit libre.
- Je suis désolé, me lance Gabriel en arrivant à mon niveau un peu essoufflé.
- Je t'avais dit que ce n'était pas une bonne idée.
- Je sais, je ne t'ai pas écoutée, je m'en excuse.
- Je ne réponds pas, je n'en ai pas envie, je veux seulement retrouver le canapé et qu'on me laisse en paix, seule avec moi-même.
- Sous les lumières des lampadaires qui jonchent le trottoir que j'emprunte aux côtés de Gabriel, j'aperçois au loin l'hôtel qui me rappelle des tonnes de souvenirs malheureux. Me retrouvant devant l'interminable immeuble, je m'arrête net et fixe la fenêtre de la chambre que j'occupais encore il y a quelques semaines. À en croire la lumière, elle est de nouveau prise par quelqu'un, peut-être même un couple. Je me tords le cœur en imaginant que deux personnes qui s'aiment réellement dorment maintenant dans cette chambre où j'ai longtemps attendu Paul.

- Je me rends compte que Gabriel regarde dans la même direction que moi, j'essaie de retenir mes larmes pour ne pas l'alarmer. Lui doit sûrement repenser à cette scène d'horreur dont nous étions les deux rôles principaux, cette scène qui l'a bien plus marquée que moi. La scène de notre étrange rencontre.
- Il t'arrive parfois d'y repenser ?
- Pas vraiment, non, mentais-je avant de reprendre ma route.
- Je passe devant lui, la tête baissée. Je laisse mon corps se guider tout seul dans l'obscurité de la ville. Mon esprit est totalement ailleurs, encore une fois, je vais attendre que cela passe. J'ai entendu le médecin en parler à plusieurs reprises à ma mère. Cela est appelé *épisode dépressif*. Il peut durer un certain temps. Ensuite vient *l'hypomanie*. Et c'est une tout autre affaire.
- L'épisode dépressif est à chaque fois une épreuve à passer. Manque d'appétit, trouble du sommeil, anxiété, tout y passe. Je connais ça par cœur, si ma mère a su vivre avec cette maladie pendant des années alors, je saurai le faire aussi.

Chapitre 15

Gabriel.

Je me prépare pour mon dernier jour de travail avant le week-end. Cela fait maintenant deux semaines qu'Esmée se sent mal. J'ai tout tenté. Rapporter des repas italiens comme elle aime, mis des films à l'eau de rose à la télé, proposer d'aller à ce parc qu'elle apprécie…
Mais rien. Absolument rien ne la motive. Comme si elle était tombée dans une sorte de dépression d'un coup et j'ai beau me refaire en boucle les jours qui ont passés, je n'arrive pas à comprendre ce qui a pu la mettre dans un état pareil. J'étais pourtant sûr que cette sortie avec les gars allait l'aider : c'est depuis cette soirée que je la trouve triste et effacée, enfin plus qu'avant. J'ai l'impression que cela empire avec les jours qui passent. Je me sens tellement impuissant.
- À ce soir, lui lançais-je en enfilant ma veste.

Elle se retourne d'un coup vers moi.
- Reste ! S'il te plaît, dit-elle d'une voix éraillée tout en posant son menton sur le dossier du canapé.

Ses yeux ont l'air apeurés, comme si je l'abandonnais définitivement.
- Je ne peux pas, je dois aller travailler Esmée, dis-je sans la lâcher du regard.

Son visage attristé me brise le cœur. Je m'approche d'elle et lui dépose un baiser sur le front, elle me répond un faible « d'accord » et je m'éloigne d'elle pour rejoindre la porte d'entrée. Je l'admire une dernière fois se recroqueviller sur le canapé, cachée sous un plaid, un bol de céréales posé sur la table basse avec encore et toujours un dessin animé à la télévision. Je quitte mon appartement à contrecœur, je traverse le couloir pour rejoindre l'ascenseur qui met une éternité à arriver. Je m'impatiente devant ces portes qui restent clauses. Et si cela était un signe ? Et si ce foutu ascenseur voulait me faire comprendre que ma journée devait se passer auprès d'Esmée et non être perdu au bureau ?
- - Et puis merde, je lance en récupérant mon portable dans la poche de ma veste.

Deux sonneries retentissent à mon oreille avant que la voix d'Anna, la secrétaire chargée de l'accueil réponde à l'autre bout du fil.
- Oui, c'est Gabriel, je ne me sens pas très bien, il vaut mieux que je ne vienne pas, dis-je, en faisant demi-tour.

Je raccroche sans même prendre la peine d'écouter la réponse de mon interlocutrice et cherche ma clé pour rentrer chez moi. Je me rends compte d'ailleurs que j'avais complètement oublié de fermer à double tour derrière moi.

Je retrouve ma Esmée, toujours au même endroit, je lance ma veste sur le plan de travail de la cuisine et m'assieds près d'elle. Un petit sourire se dessine, avant de déposer sa tête sur mon épaule, aucun de nous ne parle. J'allonge mes jambes pour déposer mes pieds sur la table basse. Je sais qu'elle a encore passé une nuit blanche, j'ai entendu la télévision à plusieurs reprises. Je ne sais pas comment elle peut faire pour rester autant de temps sans dormir. En la contemplant du coin de l'œil, un souvenir me revint.

- Esmée, c'était qui l'homme la dernière fois ? me lançais-je.
- Quel homme ? me demande-t-elle innocemment sans quitter l'écran.

- Tu sais très bien de qui je parle, dis-je en attrapant la télécommande pour baisser le son.
- Ce n'est personne !

Je veux creuser plus, je suis persuadé qu'elle a envie d'en parler. Je veux qu'elle sache que je peux tout entendre, qu'elle peut avoir totalement confiance en moi.

- Donc, tu tentes d'agresser les hommes comme ça, par plaisir, dans la rue…

Je me dis qu'en passant par l'humour, elle se sentira sûrement plus à l'aise pour se confier.

Elle repousse le plaid et relève sa tête avant de se lever d'un coup. Je la vois se ronger les ongles tout en faisant les cent pas.

- On était ensemble, dit-elle comme si elle en avait honte.
- Quoi ?

J'écarquille les yeux, je dois halluciner, jamais de la vie, je n'aurais imaginé Esmée sortir avec ce genre d'individu. Il doit avoir au moins quinze ans de plus qu'elle et au vu de sa manière de s'habiller, polo à un prix exorbitant, portant son pull sur les épaules, ainsi que sa montre que j'ai pu apercevoir, on voit tout de suite qu'il a de l'argent et qu'il aime le montrer. J'ai déjà en horreur ce genre de type, mais quand je vois dans quel état il peut rendre Esmée, je me dis que j'aurais dû la laisser l'étrangler.

- Pendant deux ans, j'ai été sa maîtresse, il m'a promis maintes et maintes fois de quitter sa femme pour moi… m'annonce-t-elle en se tournant vers la baie vitrée pour être dos à moi.

J'entends sa respiration saccadée. J'ai l'impression de voir son corps trembler aussi, j'ai envie de la prendre dans mes bras pour la réconforter, mais je me retiens pour ne pas l'empêcher de continuer son histoire, par curiosité, je veux tout savoir. Ce qui la concerne m'est vital.

- Il y a quelques mois, j'ai découvert que j'étais tombée enceinte de lui, j'ai cru que cela allait l'aider à divorcer pour que l'on vive notre histoire au grand jour, mais ça a été tout le contraire, il m'a…

J'ai peur de comprendre la fin de cette phrase. Esmée toujours dos à moi, resserre ses bras sur sa poitrine et prend une grande respiration avant de lâcher ces mots si durs pour elle.

- Il m'a forcée à avorter.

Je sens mon cœur exploser en mille morceaux, mes poings se serrent tout seuls, la colère m'envahit, mais j'essaie de ne pas le montrer.

Je me lève après quelques secondes d'hésitation, m'approche d'elle doucement et pose une main sur une de ses épaules ce qui l'a fait sursauter. Elle se retourne et tombe en larmes, son visage contre mon torse. Je passe une main dans ses cheveux et une autre caresse son dos.
- J'étais toute seule, à l'hôpital, j'étais inconsolable, je le voulais ce bébé, mais il m'a rabâché que je n'étais pas faite pour être mère, que j'étais trop instable, je sais qu'il n'avait pas tort…
- Je t'arrête tout de suite !

Je l'attrape par les bras et l'éloigne de quelques centimètres de mon torse pour planter mes yeux dans les siens.
- Personne n'a à choisir à ta place, personne n'a à t'imposer quoi que ce soit, encore moins ce genre décision, et encore plus quand cela vient d'un connard, déclarais-je sans prendre de pause pour reprendre ma respiration.
- Ça pour être un connard ! renchérit-elle en levant les yeux au ciel.

Je pose mes doigts sur son visage avec délicatesse pour sécher ses larmes, elle me laisse faire avant de rejoindre le canapé. Étrangement je me sens déçu de la voir s'éloigner de moi.

De nouveau assis tous les deux confortablement, Esmée, elle, est subjuguée par le film à l'eau de rose qui passe à la télé, moi, je suis tout simplement subjugué par elle. Ses larmes. Ses yeux bouffis ont laissé place à un petit sourire. Ma tête en arrière posée sur le dossier, je peux lancer des petits regards en sa direction et faire semblant de me concentrer sur l'écran quand elle se tourne vers moi. Je la sens plus détendue depuis sa révélation, elle doit en avoir moins gros sur le cœur. Est-ce qu'un jour, on arrivera de nouveau à en parler tous les deux ? Je la laisserai revenir vers moi dès qu'elle en sentira le besoin…

Je récupère le bol de céréales d'Esmée resté sur la table basse depuis ce matin et en prend une cuillère, ce qui la fait tout de suite réagir.
- Mais ?
- Quoi ? Tu n'en voulais plus ! lui dis-je après avoir mâché les céréales ramollies.
- Mais bien sûr que si, j'attendais seulement d'avoir de nouveau faim pour les terminer, me répond-elle.
- Tant pis, répondais-je simplement en haussant les épaules.

Je prends une nouvelle cuillère dans le bol pour la faire enrager. Elle ouvre grand la bouche, à la fois choquée et amusée par mon geste. Elle relève le plaid de ses jambes et me saute dessus pour prendre le bol des mains. Je me mets dos à elle pour l'en empêcher. Nous nous chamaillons comme deux enfants, c'est vital pour moi de réussir à la faire rire, cela peut paraître mielleux, mais ce son est devenu ma mélodie préférée.

Je me lève du canapé pour commencer à fermer les rideaux voyant que le soleil se couche peu à peu.
- Tu peux laisser ouvert, s'il te plaît, me dit-elle de sa voix douce.
- Pourquoi tu n'aimes pas fermer les volets ? lui demandais-je intrigué.

Esmée concentre son regard sur ses doigts qu'elle tripote, encore une fois, je devais sûrement être trop intrusif. J'allais lui dire de laisser tomber, que je n'avais pas besoin de connaitre la raison quand elle me coupe dans mon élan.
- Quand j'étais petite, avec ma mère, nous vivions dans un appartement minable, insalubre et bien sûr sans rideaux, rien pour nous protéger des lumières extérieures la nuit. Alors je me suis habi-

tuée à dormir avec la lueur de la lune, le lever et le coucher de soleil…

Depuis toute petite, Esmée ne vit pas une vie banale. Je me sens tellement privilégié comparé à elle. Aussi je n'ose pas prononcer quoi que ce soit sur la mienne.

- Alors parfois quand je me réveille la nuit, quand mon sommeil est agité, j'aime regarder le ciel noirci de mon lit. Tout de suite cela me rappelle ma maman et nos moments ensemble, continue-t-elle.
- Tu me racontes ton plus beau moment avec elle ?

Je ne sais pas pourquoi j'ai posé cette question, tout ce que je vois c'est qu'elle l'a fait sourire, un souvenir lui est directement apparu, c'est sûr.

- Une fois, je devais avoir dix ans je crois, ma mère m'avait offert mon premier livre, je ne sais pas comment elle l'avait obtenu, elle avait à peine de quoi payer le loyer et de quoi nous nourrir correctement, mais elle me voyait souvent émerveillée devant une vitrine de librairie.

Je souris, cela m'étonne tout juste, je l'imagine petite fille les yeux brillants en voyant des livres exposés devant elle. Elle lève son regard vers moi avant de continuer :

- Tu te rends compte que pendant que certains enfants de mon âge adoraient passer leur temps libre dans une aire de jeu, moi tout ce que je souhaitais, c'était être peinarde dans une librairie, entourée de romans.

Je me contente de me rasseoir au même endroit sans la quitter des yeux.

- Cette librairie se trouvait à une rue de là où on habitait, c'était mon repère, après l'école quand je passais mes journées seule ou alors quand ma mère était mal ou dans des états qui m'effrayaient, j'allais m'isoler dans un rayon. La libraire me laissait faire, elle me lançait souvent des sourires quand elle me voyait débarquer dans sa boutique, termina-t-elle le sourire aux lèvres.

Je continue de l'écouter pendant un moment, sans me lasser, j'apprends enfin à la connaître et j'adore ça.

Chapitre 16

Esmée.

Je parcours les rues qui me rapprochent un peu plus de l'appartement de Gabriel qui est encore et toujours le lieu où je vis pour l'instant. En tout cas, ce qui devait être temporaire, commence à durer. Je me sens tellement bien, j'ai l'impression de planer. Le soleil réchauffe mon visage et mes bras nus. Habillée simplement d'un vieux t-shirt de Gabriel que j'ai recyclé à ma façon, de mon jeans mom et de mes fidèles converses, je sors de mon premier jour de travail chez une fleuriste, avec qui j'ai passé le meilleur entretien de ma vie, quelques jours auparavant. Et autant dire que j'en ai passé depuis deux ans et ça n'a jamais été facile, car sans diplôme, rares sont les patrons qui acceptent de prendre le risque de m'embaucher. Mais Marie, elle, a accepté de me laisser ma chance. Elle a ouvert son propre magasin de fleurs, il y a six mois maintenant et elle recherchait désespérément une employée pour l'aider à gérer la boutique et l'accueil des clients. Nous avons discuté pendant des heures et nous nous sommes tout de suite trouvées plein de points en commun. Nous avons ri et partagé un thé. Durant l'entretien, une vieille dame est venue nous demander conseil pour offrir un bouquet de fleurs à une de ses amies. Je me suis permise de lui faire faire le tour du magasin pour voir lesquelles pourraient lui convenir. La petite dame est repartie ravie de son gros bouquet de fleurs rempli de bleu, de violet et de rose. Quant à Marie, elle m'a demandé de revenir dès la semaine suivante. Dans une de mes mains se trouvent quelques roses blanches emballées dans du papier Craft, un cadeau de ma nouvelle patronne.

J'entends la poignée de la porte quelques minutes après mon arrivée et jette un œil vers Gabriel qui fait son entrée dans l'appartement. Je réponds à son sourire et déballe les fleurs pour les plonger dans un grand vase que j'ai dégoté en fouillant dans les placards du séjour.
- Tu as acheté des fleurs ? me demande-t-il en s'approchant de moi tout en enlevant sa veste.
- Non, c'est un cadeau.

- De qui ?

Son ton est monté d'un coup sans qu'il ne s'en aperçoive, comme s'il était jaloux que quelqu'un d'autre me fasse plaisir.

- De ma nouvelle patronne, dis-je avec un petit sourire en coin, heureuse de lui annoncer enfin ma bonne nouvelle.
- Tu as trouvé du travail ?
- Oui, dans une boutique de fleurs, dis-je en me retournant vers lui comme si j'avais besoin de préciser l'information.
- C'est génial, s'exclame-t-il.

Il me prend d'un coup dans ses bras pour me féliciter. Alors que je suis de nature très peu tactile, avec Gabriel, cela est tellement différent. Je me sens bien, son odeur qui enivre mes narines et la douceur de son sweat contre ma joue me donne envie de rester. Je passe alors mes bras autour de sa taille pour prolonger encore l'instant. Nous restons comme ça pendant un moment au milieu du salon, dans les bras l'un de l'autre. Je ne connaissais pas cela avec Paul, il n'y avait pas cette tendresse que Gabriel peut m'apporter au quotidien, alors que nous ne sommes pas ensemble, ce n'est normalement pas son rôle, mais je

vois bien qu'il le fait naturellement. C'est encore plus plaisant.
- Pour marquer le coup, ce soir, on sort ! annonçais-je en m'éloignant de son étreinte.
- Tous les deux ?
- Et avec tes amis, répondais-je avec mon plus beau sourire.
- Tu es sûre ? me demande-t-il, pas vraiment serein.
- Allez, s'il te plaît, cette fois-ci tout se passera bien, tu vois bien que je suis de meilleure humeur que la dernière fois, non ?

Gabriel acquiesce après quelques secondes de réflexion. Nous partageons une pizza tout en zappant les chaînes à la télévision. Aucun des programmes ne nous convient, après tout, tout ce que je souhaitais, c'était que l'heure s'écoule le plus vite possible pour que l'on puisse quitter l'appartement. Matt' nous a donné rendez-vous pour vingt et une heures à leur bar habituel. Il ne pouvait pas être disponible avant. Monsieur était retenu plus longtemps que prévu, par un *date* avec une énième demoiselle qui a capté toute son attention, retardant de ce fait notre soirée. Je ne comprenais pas la réaction de Gabriel face à cette annonce, jusqu'à ce qu'il me raconte leurs soirées, je constate qu'ils aiment tous les deux courtiser les femmes.

- Mais tu faisais cela aussi quand tu étais en couple avec ton ex ? lui demandais-je par curiosité.

J'ai bien senti que ma question l'avait mis mal à l'aise, il ouvre et referme sa bouche plusieurs fois avant de s'apprêter à me répondre, sauvé par le gong, pour sa part, par la sonnerie de son téléphone.

- Oui Matt', dit-il après avoir sauté sur l'appareil.

Je le regarde, concentré, écoutant son ami à l'autre bout du fil.

- Très bien, on arrive, lance-t-il, on peut y aller, me dit-il après avoir rangé son téléphone.

Je le vois s'éloigner de moi pour aller enfiler sa veste, je reste sur place, j'en déduis que je n'aurais donc pas de réponse à ma question.

- Esmée ?
- Oui ? demandais-je en sortant de mes pensées.
- On y va, me dit-il en ouvrant la porte.

Je me lève à mon tour du canapé. Gabriel attend que je passe pour fermer la porte derrière nous.

J'enfile mon premier verre de champagne d'une traite, cela faisait un moment que je n'avais pas bu d'alcool. Je tends mon verre à Matt' pour qu'il me

resserve une seconde fois, d'abord impressionné il s'exécute finalement à son tour. Cette fois-ci, nous trinquons tous ensemble.
- À Esmée, félicitations pour ton travail, lança Gabriel en levant son verre.

Nous faisons tous de même, avant de rejoindre la piste de danse à quelque pas du bar. Jade, l'amie serveuse des garçons, nous rejoint de temps en temps pour danser avec nous entre deux services.

J'enchaine les verres, j'ai arrêté de les compter depuis un petit moment. Je me sens tellement bien, je danse, je chante, je ris avec tout le monde. Mon regard tombe sur Gabriel. Ses yeux sont rivés sur moi. Il n'est jamais très loin et ainsi, je me sens protégée.

Dans un élan de bonheur et surtout d'ivresse, je monte sur le bar, manquant de tomber, rattraper de justesse par Matt', je me retiens de rire devant ma maladresse et trouve enfin mon équilibre. Je lève les bras en l'air comme signe de victoire.
- Que la fête continue, hurlais-je.

Tout le bar hurle à en perdre leur voix en levant chacun leur verre, une fois de plus, je dérape et cette

fois-ci Gabriel a pris les devants en me rattrapant et en me posant sur une de ses épaules.
- On y va maintenant !

Ma tête à l'envers, je ne sais pas si c'est à moi qu'il parle ou à ses amis. Gabriel me tient par la taille et sort du bar en récupérant nos affaires sur le passage avec sa main libre.

De nouveau les pieds sur terre, nous voilà maintenant dans la rue. Je reprends mon calme et enfile ma veste tout en commençant le chemin du retour.
- C'était une trop bonne soirée, dis-je sans me rendre compte du haut débit de ma voix.
- Je l'ai bien vu, me lance-t-il.
- Ça fait tellement de bien, dis-je en sortant mes longs cheveux de l'intérieur de ma veste.

Je virevolte. Enfin ! c'est ce dont j'ai l'impression. Je n'oublie pas que j'ai enchaîné pas mal de verres tout le long de cette soirée.
- Je ne t'ai jamais vu comme ça, continue-t-il.

Ses pas sont coordonnés aux miens, encore une fois c'est l'impression que j'ai.
- Comment ? demandais-je sans m'arrêter de sourire.

Il s'ancre d'un coup.

- Aussi heureuse.

Je me stoppe et fait un tour sur moi-même pour lui faire face.

- Je me sens bien, lançais-je en levant les bras sans savoir vraiment pourquoi.

L'alcool coule encore dans mes veines, je le ressens, c'est une sensation que je n'ai pas eue depuis un bon moment. Tout n'est pas clair autour de moi, le sol me paraît en mouvement continuellement, mais l'air frais me procure tellement de bien, je pourrais passer le reste de la nuit à parcourir les rues, sans savoir réellement où aller.

- Et ça me fait plaisir de te voir comme ça.

Je plonge mon regard dans le sien. Je ne sais pas si c'est à cause de ce liquide étranger dans mon corps ou à la lumière de la lune qui reflète sur lui, mais je trouve ses yeux captivants ce soir, en tout cas plus que d'habitude. Tout est silencieux autour de nous, plus rien n'existe, pourtant j'ai les oreilles qui bourdonnent encore à cause de la musique du bar. Sans comprendre ce qu'il se passe réellement, la réalité est pour moi très loin. Je me mets sur la pointe des pieds, ses yeux toujours accrochés aux miens, aucune réaction venant de sa part. Mon visage se rapproche doucement mais, aussi dangereusement du sien. Mes lèvres atteignent les siennes et je vois ses paupières se sceller. Je fais de même et profite de ce moment étrange. Tout mon corps frissonne. Je me retire aussi vite, le bruit d'un klaxon au loin me ramène sur Terre, lieu que mon inconscient a tenu à fuir le temps de quelques secondes. Un mal de crâne surgit comme une bombe pour mettre un terme à cette scène qui n'a aucun sens. Je me frotte les tempes, Gabriel lui, ré-ouvre ses yeux tendrement.

- Allez, on va se coucher ! lançais-je en lui attrapant la main.

J'humecte mes lèvres pour goûter une dernière fois cet alcool mentholé que Gabriel m'a laissé en souvenir. Je reste silencieuse, je ne préfère pas revenir sur cet instant, ce partage sans mots, ce partage qui n'appartient qu'à nous. Je ne veux pas savoir ce qu'il en a pensé que cela me plaise ou non. Et s'il m'en reparle, je ferais l'amnésique. Après tout, avec tout l'alcool que j'ai bu, cela est crédible.

Chapitre 17

Gabriel.

Je n'ai pratiquement pas dormi cette nuit, nous sommes rentrés vers quatre heures du matin. Après un long trajet, j'ai réussi à ramener Esmée saine et sauve à l'appartement, je l'ai laissée dormir dans mon lit, je me suis contenté du canapé pour une fois nous avons échangé nos places. Je mets en route la machine à café, j'ai besoin d'aide pour me tenir éveillé.
- J'ai un horrible mal de crâne !
Un rictus se dessine sur mon visage après avoir entendu Esmée râler. J'attrape ma tasse, fin prête, remplie du breuvage chaud et sombre, puis je rejoins ma chambre pour y découvrir Esmée assise dans mon lit se tenant la tête.
- Tout va bien ? commençais-je.
- Plus jamais je ne bois comme ça, sort-elle.

J'éclate de rire. Je la regarde se rallonger et se cacher le visage sous un des oreillers avant de boire une première gorgée de ma tasse fumante.

J'essaie de me préparer sans faire un bruit, pour ne pas déranger Esmée qui essaie tant bien que mal de se rendormir.

Je la retrouve dix minutes plus tard dans la cuisine avec son bol fétiche rempli de céréales et de lait, habillé d'un de mes t-shirts qui lui arrive au-dessus des genoux. Son chignon qu'elle a dû faire avant de s'endormir ne ressemble plus à grand-chose. Elle se retourne vers moi, des énormes cernes sont dessinées sous ses yeux, ses lèvres enflées du réveil ne change rien à sa beauté naturelle.

- Je n'arrive même pas à manger mes céréales, ça résonne dans ma tête dès que je mâche, me lance-t-elle en grimaçant.

Je lui dépose un baiser sur le front, le sourire aux lèvres et lui suggère de dormir toute la journée, ce à quoi elle me répond qu'elle ne serait pas capable de faire autre chose.

Je rentre enfin chez moi, je suis enthousiaste, j'ai tellement hâte de voir la réaction d'Esmée en voyant ce qu'il se trouve dans cet énorme carton, qui me paraît de plus en plus lourd. En passant devant une vieille librairie, mon regard s'arrête sur une énorme affiche qui est placée sur la vitrine. Prix réduits sur tous les livres de la boutique avant fermeture définitive. En rentrant à l'intérieur, je retire tout de suite mes écouteurs, je salue le vieil homme avec ses lunettes au bout du nez, le stéréotype même du libraire dans sa vieille boutique très peu éclairée.

- Vous n'avez pas l'habitude de ce genre d'endroit, n'est-ce pas ? me demande-t-il en bouchant son stylo et en le déposant sur son bureau.
- Cela se voit tant que ça ? demandais-je en continuant d'admirer les lieux.
- J'ai plus de cinquante ans d'expérience, vous savez, alors je les reconnais vite ceux qui sont nouveaux dans ce genre d'endroit.
- J'imagine, répondis-je évasif.
- Vous cherchez quelque chose en particulier, peut-être ?
- Je n'ai absolument aucune idée... En fait, j'ai une amie, grande lectrice, alors quand j'ai vu votre affiche devant, je me suis dit que je pourrais lui prendre deux trois romans, annonçais-je en regardant le vieil homme dans les yeux.

- Quel style préfère-t-elle ?
- Je ne sais pas trop à vrai dire… dis-je de plus en plus perdu.

Je suis l'homme à la trace, les rayons remplis de livres sont bien plus grands que ce que j'imaginais. Quelques pas plus tard, je passe de deux livres à une tonne empilée sur mes bras. J'essaie tant bien que mal de ne pas faire de mouvement brusque pour que ma tour de bouquins ne s'écroule pas sur le sol.

- Tenez, dit le vieil homme en se retournant vers moi.

Il me tend un grand carton vide pour que je puisse ranger les affaires à l'intérieur, je m'applique pour que tout soit bien ordonné, de sorte que cela soit présentable quand Esmée l'ouvrira.

Cela fait maintenant une heure que je me trouve dans la librairie. L'homme, passionné, parlait tellement que je n'ai pas vu le temps passer. J'essaie au mieux de retenir toutes ces informations littéraires, tout en faisant glisser le carton avec mon pied.

- Au plaisir de vous avoir aidé, me lance-t-il après m'avoir rendu ma carte bancaire.

Sourire forcé aux lèvres, je me baisse pour ramasser la charge lourde, manquant de me briser une ou deux vertèbres en même temps. J'ouvre avec difficulté la porte donnant sur la route. Je n'avais pas réfléchi au fait que la librairie se trouvait à dix minutes de marche de chez moi. J'essaie de me motiver mentalement mais au final, je me dis que ce carton est aussi encombrant que lorsque je dois ramener Matt' bourré après une soirée. Aussi lourd l'un que l'autre.

Je sors de l'ascenseur qui s'est arrêté à mon étage, mon téléphone sonne dans la poche de mon jean. Je pose les livres au sol et regarde de qui il s'agit. Matt' : je ne comprends pas pourquoi il m'appelle alors que nous nous sommes quittés il y a quelques heures.
- Allô ? commençais-je.
- On sort ce soir ?
- Encore ? m'exclamais-je avant de me frotter les yeux à l'aide de mon index et de mon pouce libres.

Tout en réfléchissant à sa proposition, j'active le haut-parleur et dépose mon téléphone sur le carton avant de le reprendre dans mes bras, je rentre difficilement dans mon appartement et je m'arrête net en découvrant la scène qui se déroule dans mon champ de vision : Esmée, la tête dans l'évier de la cuisine.

Je laisse Matt' continuer de parler sans vraiment l'écouter. Je referme la porte derrière moi à l'aide de mon pied et dépose avec délicatesse la lourde charge, je récupère mon téléphone sans quitter un seul instant Esmée des yeux.
- Je, je te rappelle, bégayais-je avant de raccrocher.
Je la détaille, complètement interloqué.
- Je peux savoir ce que tu fais ? lui demandais-je tout en enlevant ma veste.
- Tu veux bien m'aider ?
- Pour ? lui dis-je hébété.
Elle rehausse ses cheveux d'une couleur bien plus claire que la normale et les enroulent sur le sommet de sa tête, je la suis des yeux, elle fait le tour du comptoir et s'installe sur un tabouret après avoir attrapé une boite de coloration.
- Pour me teindre les cheveux, me lance-t-elle naturellement.
- Te teindre ? Mais je ne suis pas coiffeur, je ne sais pas comment faire, dis-je, toujours aussi perturbé.
- Ne t'en fais pas, je vais t'expliquer, dit-elle tout en confiance.
Je retire ma veste et la lance pour qu'elle atterrisse sur le rebord du canapé. Je n'arrive toujours pas à la quitter du regard. Elle ouvre cette fameuse boite et en

sort ce qui se trouve à l'intérieur. Je la vois lire les instructions sur une immense feuille dépliée, pour ensuite transvaser un liquide bleu d'un flacon à un autre qu'elle secoue dans tous les sens. Elle me tend la petite bouteille en plastique, que je récupère dans la seconde. Je m'apprête à en mettre dans ma main avant qu'elle me stoppe.

- Non, attend ! Tu dois mettre des gants avant de mettre ça directement sur mes cheveux.

Esmée me pointe du doigt la paire de gants en plastique qui se trouvent sur la feuille à instructions, je les enfile difficilement, je n'arrive même pas à plier mes phalanges, ce n'est vraiment pas fait pour des mains d'homme. Je reste dépassé par la situation. Esmée remet ses cheveux correctement sur la serviette qui couvre ses épaules et je me lance pour déverser un peu de coloration sur ses racines. Mes yeux s'écarquillent tout de suite.

- C'est normal cette couleur ? lui demandais-je interloqué.
- Oui, Gabriel, si je veux avoir les cheveux bleus, le liquide doit ressembler un peu à la même couleur.

Je jette un coup d'œil sur l'emballage renversé sur le comptoir, la femme a les cheveux bleus. Esmée va avoir les cheveux bleus.

- Mais, tu es sûre ?
- Bah oui, pourquoi ? me demande-t-elle en levant les yeux vers moi.
- Pour rien.

Je laisse tomber, la voyant déterminée à vouloir changer de style et continue ma mission d'asperger ce liquide sur toute sa chevelure.

- Qu'est-ce que c'est ? me demande-t-elle en pointant quelque chose derrière moi.

Je me retourne et aperçois le carton toujours jonché au sol. Je l'avais oublié avec la lubie d'Esmée et ses cheveux. Je m'en approche et m'agenouille pour l'ouvrir avant de me concentrer sur sa réaction.

- Un cadeau pour toi, lui dis-je, le cœur battant.

Elle saute du tabouret, enroule ses cheveux qui tiennent tous seuls avec le liquide sur le sommet de son crâne et se lave les mains sans quitter des yeux le carton. De là où elle se trouve elle ne peut pas apercevoir ce qu'il y a à l'intérieur. Elle s'agenouille devant et l'ouvre entièrement, ses yeux s'illuminent d'un coup, un à un, elle sort son nouveau trésor.

- Mais il y en a combien ? demande-t-elle.

Je ne lui réponds pas et la laisse continuer d'admirer chaque objet qu'elle empile au fur et à mesure à ses côtés sur le sol.

- Ça te plaît ? lui demandais-je timidement.

Esmée se contente de plonger dans mes bras, en guise de remerciements, avant de prendre un livre au hasard et de s'asseoir sur le canapé, tout en faisant attention à ce que ses cheveux ne touchent pas le tissu, puis commence sa lecture. Curieux, je lance un coup d'œil sur le premier livre de la pile qu'Esmée vient de créer. Après la lecture de la quatrième de couverture, j'ouvre le bouquin et me plonge à mon tour dans mon roman.

Absorbés par nos histoires respectives, nous nous faisons tous les deux surprendre par la minuterie. Je la vois déposer son livre à l'envers sur la table basse, encore ouvert pour ne pas perdre sa dernière page lue. Elle met un terme au son de la minuterie sur son passage avant de disparaitre dans la chambre. J'entends l'eau couler. D'ici à quelques instant, je vais découvrir la nouvelle couleur de cheveux d'Esmée, j'avais à la fois peur de ne pas aimer, mais en même temps je suis impatient de voir le résultat.
Elle revient quelques minutes plus tard les cheveux totalement secs et surtout bleus. Elle s'assoit de nouveau sur le canapé et attrape son bouquin au vol pour

continuer sa lecture. Son délire de cheveux bleus lui était déjà passé apparemment ou peut-être était-elle déçue et ne voulait pas en parler. Esmée se laisse glisser sans se déconcentrer et pose sa tête délicatement sur mes cuisses. D'une main, je tiens le livre sur lequel j'avais pas mal avancé et de l'autre, je joue avec les cheveux de celle qui m'empêche de me relever.

Esmée vient de s'endormir sur le canapé devant un énième épisode de la série Friends, que je lui ai fait découvrir il y a quelques jours. Elle vient tout juste d'entamer la quatrième saison avant de rejoindre les bras de Morphée. J'attrape la télécommande et baisse le son. J'en profite pour récupérer mon ordinateur portable rangé dans le meuble télé. Je m'installe sur le plan de travail pour faire ces recherches qui me trotte en tête depuis hier. Devant l'écran, je découvre peu à peu les symptômes inscrits après avoir tapé « bipolarité » dans la barre de recherche. Tristesse, changement d'humeurs, achats compulsifs, agressivité, trouble du sommeil et de l'appétit…
Étrangement chacune de ses manifestations me ramène à un épisode vécu avec Esmée.

J'ai encore une fois la preuve qu'elle est bipolaire. Mais comment vais-je faire maintenant que je sais de quoi elle souffre ? Est-ce que ce que je fais pour elle depuis que je la connais, est une bonne solution ?
Je continue de parcourir le site internet du centre, plus j'avance et moins je me vois parler de cet endroit à Esmée et encore moins l'y emmener.

Je referme l'ordinateur et me lève pour m'approcher d'elle, toujours endormie, une mèche bleue se trouve au milieu de son visage. Ses lèvres entrouvertes laissent place à un petit ronflement, qui ne gâche rien à sa beauté. Je remonte le plaid jusqu'à son torse pour qu'elle n'ait pas froid. Au fond de moi tout que je souhaite c'est qu'elle soit en paix avec elle-même, que cette maladie disparaisse et ne devienne qu'un mauvais souvenir. Mais cela est impossible. Il faut seulement qu'elle accepte de prendre un traitement adapté pour elle, tout ce que je peux faire maintenant, c'est l'encourager à une démarche de soins. Je peux essayer. Je peux y arriver.

Chapitre 18

Esmée.

Mes yeux sont rivés sur la porte fermée de la chambre, mon menton soutenu par le dossier du canapé et caché dans le pli de mon coude. Cela doit faire des heures que je suis bloquée, mes pensées embrumées, je sens que mon moral redescend et j'ai horreur de cette transition entre mes émotions. Cette sensation de trampoline sans cesse m'épuise. Après avoir passé plusieurs jours dans la plus grande joie, je retombe tout d'un coup dans une fragilité incontrôlable.

En attendant que Gabriel daigne se lever, je me permets de prendre son ordinateur portable, en espérant qu'il n'y ait pas de mot de passe. Je cherche une idée de film pour m'occuper. L'écran s'allume directement sur une page internet. Je suis rassurée de pouvoir y avoir accès, jusqu'à ce que je lise le titre de

l'article « Qu'est-ce que la bipolarité ? ». Je clique sur un second onglet, je découvre le site internet d'un centre pour les personnes atteintes de maladies mentales. Je connais le nom de cet endroit, c'est là-bas que ma mère a fini ses jours. Le spécialiste qui la suivait pensait bêtement que cela l'aiderait. Ce crétin de compétition estimait aussi que la gaver de médicaments pouvait l'aider, bien sûr.
Je commence à perdre le contrôle, tout tourne autour de moi.
- Pourquoi Gabriel a-t-il cherché cette maladie ? Comment a-t-il pu comprendre ?

Je sens que ma respiration se saccade peu à peu. Je glisse l'ordinateur de mes genoux et me lève difficilement du canapé, sentant à peine mes jambes.
- Pourquoi ? Pourquoi ? Putain, hurlais-je.

J'entends Gabriel débouler dans le séjour.
- NON ! dis-je en plongeant mon regard dans le sien.
- Esmée, qu'est-ce qu'il se passe ?

Ses yeux ont du mal à s'ouvrir entièrement, agressés par le jour.
- Je ne veux pas, tu entends ?
- Mais qu'est-ce que tu ne veux pas ? demande-t-il perdu.

- Ça ! hurlais-je en pointant du doigt l'ordinateur.

Il s'en approche, je pose mes mains sur la poitrine, essayant tant bien que mal de reprendre mon calme.

- Esmée, dit-il en rabaissant l'écran et avant de s'approcher de moi.
- Ne me touche pas, dis-je en le repoussant avec une force que je ne me connaissais pas.
- J'essaie de t'aider.
- En voulant m'envoyer dans ce genre d'endroit ? Je ne suis pas folle !
- Bien sûr que non, tu n'es pas folle, je ne l'ai jamais pensé.
- Tu veux te débarrasser de moi, toi aussi !

Mon souffle se met s'accélérer de nouveau, comme s'il me faisait comprendre que je devais me taire pour pouvoir survire avec le peu d'air qui me reste dans les poumons. Gabriel essaie une nouvelle fois de s'approcher de moi, mon dos se cogne à la baie vitrée. Une scène me revient en tête, celle de notre dernière dispute avec Paul, notre adieu tragique et brutal. J'ai l'impression de revivre ce moment, de ressentir les mêmes choses, la même colère, la même humiliation. Je me laisse glisser contre l'immense vitre, rapprochant mes genoux du visage, je me recroqueville comme si je craignais un danger. Le sol se dérobe, je coince ma tête dans les mains, je frappe ma tête mécaniquement pour y faire sortir la voix de Paul, son visage, pour tout faire sortir, que mon esprit devienne vide, que plus aucune image ne vienne faire son apparitions.

- Esmée, je ne te laisserai pas.

La douceur de sa voix me ramène à la réalité, comme si je retrouvais la rive après être restée des minutes interminables la tête plongée sous l'eau. Il s'agenouille devant moi et pose délicatement ses mains sur les miennes, sa peau m'apaise peu à peu.

- Je ne veux pas, s'il te plaît, ne m'emmène pas là-bas.
- Je ne le ferai pas, tu as ma parole, d'accord ?
- Je ne suis pas folle !
- Tu ne l'es pas, j'en suis sûr !

À l'aide de ma manche j'essuie l'humidité sur mon visage, je me sens mal, tellement mal…

- Allez viens, me sort-il en me tendant une main.

Il m'aide à me relever, entrelace ses doigts avec les miens et m'accompagne jusqu'au canapé qui ne se trouve qu'à quelques pas seulement.

Allongée, Gabriel revient plusieurs minutes après pour me tendre un bol de céréales, que je refuse gentiment avec un signe de la main. Je n'ai envie de rien, je suis juste épuisée.

- Esmée, j'ai besoin de savoir...

Je ferme les yeux, j'aurais voulu que ce moment n'arrive jamais, que Gabriel reste dans l'inconnu. Mais apparemment, je ne suis peut-être pas capable de continuer de gérer ma maladie seule. Pourtant je n'ai pas le choix.

- Tu es bipolaire, c'est ça ?
- Comment tu as su ? lui demandais-je honteuse, essayant de retenir mes larmes.
- Avec tes changements d'humeurs, je me suis permis de faire quelques recherches, je voulais savoir comment je pouvais t'aider.
- Cela se voit tant que ça que je ne suis pas normale ?

Ma phrase le fait sourire, sans que je comprenne pourquoi.

- Normale ? Qui est normal ? Je ne pense pas l'être moi-même, c'est juste que je m'inquiète pour toi Esmée, me lance-t-il avec bienveillance.
- Tu n'as pas besoin.
- Et pourtant je ne peux pas m'en empêcher, à partir du moment où tu as atterri sur ma voiture, je n'ai

jamais cessé de m'inquiéter pour toi, c'est comme ça...

Je me relève doucement pour être à sa hauteur, je rapproche mes pieds gelés pour les coincer sous les cuisses afin de les réchauffer. Gabriel en profite pour se rapprocher de moi surtout pour avoir plus de place et s'installer confortablement.

- Et comment toi, tu l'as su ? me demande-t-il.
- Ma mère l'était aussi, lui avouais-je, mes yeux plongés dans le vide, je l'ai vu s'affaiblir à cause des tonnes de médicaments qu'on lui donnait. Dès qu'elle a été diagnostiquée, les professionnels ne l'ont pas lâchée, l'ont tuée à petit feu et je refuse de terminer comme elle...

La fin de ma phrase m'anéantie, j'ai maintenant l'image de ma mère en tête, ma gorge brûle et des larmes inondent mes prunelles, Gabriel se glisse vers moi et me prend dans ses bras. Je me tends un moment avant de comprendre qu'être contre lui me calme étrangement. Ainsi cajolée je retrouve la quiétude qui devait être la mienne quand j'étais dans le ventre de ma maman et qui a dû cesser à mon premier souffle.

- C'est moi qui l'ai retrouvée, qui ai retrouvé son corps, sans vie, je suis partie seulement une semaine et quand je suis revenue lui rendre visite dans cet horrible centre, elle était laissée pour morte dans son lit. Quand je l'ai signalé, leur seule réponse a été, qu'elle refusait de manger depuis plusieurs jours…

- Esmée…

Une main caresse mes cheveux pendant qu'une autre se pose sur le bas de mon dos.

- Je ne sais pas quoi te dire…

Mais je croyais être plus forte que les médecins ou qu'au moins mon amour pour elle aurait eu des vertus thérapeutiques. Elle est revenue à la maison trois mois, durant lesquels elle a alternée gaieté, enthousiasme, tristesse et apathie. Pourtant nous avons pu vivre des temps où la tempête s'apaisait. Je croyais vraiment la partie gagnée.

- Je m'en souviens encore comme si c'était hier ! Parfois ce cauchemar vient envahir mes nuits. Je me trouve à l'extérieur de mon corps de jeune femme de seize ans. Je débarque dans l'appartement, un roman à la main que j'ai dégotté dans une brocante à petit prix. Je ne rêve que d'une chose, me caler dans mon lit et le dévorer entièrement au calme. J'entre dans le séjour et m'annonce, sans qu'aucune réponse ne me parvienne.

Je décide de faire une entrée en douceur dans sa chambre. Je réalise vite que quelque chose ne va pas, plus j'approche de maman, allongée dans son lit, dos à moi, plus mon cœur s'emballe. Une boule grossit dans ma gorge. Je prononce un « *maman* » d'une voix brisée, avant de toucher son épaule nue et froide, je ne l'entends pas respirer. Je comprends que tout était terminé, que la seule personne que j'avais dans ma vie s'en était allée. Le cœur brisé, je me retrouvais toute seule. Par la suite, je suis allée frapper à la porte de notre voisin pour lui demander de l'aide. Il a appelé les pompiers et je suis restée avec sa femme chez eux une tasse de tisane à la main. Les larmes ne s'arrêtaient pas, ma haine ne s'éteignait pas. La porte d'entrée ouverte, j'avais vu les pompiers intervenant dans notre chez-nous. Les yeux fixés sur le corps de ma mère enroulé dans un drap blanc, allongé sur un brancard, elle disparu par les escaliers. Après tous ces passages, je profite que l'appartement soit vide pour y récupérer quelques affaires et le sac en cuir que ma mère adorait tant puis, je disparais sans plus jamais revenir dans cet endroit.

- Cette maladie est un enfer. Parfois, je n'arrive plus à la supporter, dis-je en revenant à la réalité.
- Alors, la fois où tu as sauté, c'était à cause de ta maladie ?
- J'étais arrivée au bout, je n'avais pas eu de nouvelles de Paul depuis plusieurs jours, je n'avais plus goût à rien, c'était pour moi la seule solution, dis-je à bout de souffle.

Je sens Gabriel me serrer de toutes ses forces. Je peine à respirer correctement, mais je me sens tellement bien, je l'entends déglutir difficilement, comme si ce que je lui disais avait du mal à passer. C'est la première fois que je parle de ça, en dehors de Paul, mais sa réaction était loin d'être la même que celle de Gabriel. Avec lui, je me sens écoutée, rassurée et surtout pas jugée.

Chapitre 19

Gabriel.

- Je peux venir ? me demande-t-elle en passant sa petite tête dans l'ouverture.

Comme si je pouvais lui refuser sa demande.

- Bien sûr, dis-je en soulevant la couverture pour l'accueillir dans mon lit.

Elle referme la porte derrière elle et sautille comme une enfant jusqu'au lit. Elle est vêtue d'un short et d'un débardeur. Même si la pièce est seulement éclairée par l'écran de télévision, je peux apercevoir ses jambes toutes fines, ses clavicules saillantes... Je crois n'avoir jamais autant vu de sa peau, je me demande pourquoi elle la cache. J'ai eu la chance de la toucher parfois, moi qui ai connu beaucoup de femmes, je n'ai jamais ressenti un tel plaisir au contact de la douceur de sa peau. Esmée se glisse dans les draps et se colle à moi, sa tête contre ma peau, sa respiration se cale à la mienne. Je lève mon bras pour lui faire comprendre qu'elle peut encore se rapprocher. Elle reçoit le message et pose son visage sur mon torse. Je glisse mes doigts dans ces cheveux, nous sommes apaisés, l'un comme l'autre, l'un contre l'autre.

- Tu veux peut-être que j'ouvre les rideaux ? lui demandais-je d'une voix douce.
- Non, ne t'en fais pas, je suis avec toi, la noirceur n'aura pas raison de moi.

Arrêtez tout ! Rien de plus ne peut satisfaire mon cœur, rien de plus qu'elle, que ses paroles, que son odeur à la vanille que j'aime sentir à travers ses longs cheveux. Rien de plus ne peux me rendre heureux. Mes yeux me brûlent de fatigue, le sommeil veut m'emporter, j'ai beau résister, je dépose les armes. De toute manière, je n'arrive plus à me concentrer sur le film que j'avais commencé quelques minutes avant l'arrivée d'Esmée.

- Esmée, tu…

Je m'apprête à lui demander si elle voulait continuer de regarder la télévision, mais je me rends compte en tournant la tête qu'elle s'est endormie, son visage toujours collé à mon torse. J'éteins l'écran, m'allonge doucement pour m'endormir sans la réveiller. Je lève mon bras et le dépose sur son oreiller tout en attrapant une de ses mèches de cheveux après une petite hésitation, du bout des doigts. J'approche ses cheveux près de mon nez pour respirer son odeur tout en écoutant son souffle qui me berce et m'aide à m'endormir peu à peu.

Le soleil se lève enfin, les rayons éclairent progressivement la pièce ce qui me permet d'admirer un peu plus la beauté d'Esmée. Je récupère de ma main libre mon téléphone caché sous mon oreiller et l'allume pour désactiver mon alarme qui allait sonner d'ici peu de temps. J'essaie avec douceur de regagner mon bras, coincé sous le cou d'Esmée, tout engourdi. Je sors du lit pour faire face à la fraîcheur de la pièce.
Je referme doucement la porte derrière moi, attrape une tasse dans un placard en hauteur et me fait couler un bon café bien chaud. Après une nuit aussi courte, j'ai la tête dans le brouillard par le manque de sommeil et je suis en permanence assailli par des pensées concernant Esmée. Son comportement ainsi que son état d'esprit ont changé d'un coup. Pendant quelques jours, elle est restée inerte sur mon canapé, passant ses journées à soit regarder dans le vide soit regarder l'écran, mais je suis à peu près sûr qu'elle n'était pas concentrée pour autant. Hier matin, je suis partie une

fois de plus, lui laissant un bol de céréales sur la table basse, elle endormie, le cœur lourd de la laisser seule dans cet état. Le soir même quand je suis rentré, elle s'essayait à la cuisine, le repas était immangeable, mais sa bonne humeur me donnait envie de lui faire plaisir et d'avaler ce qui devait apparemment être une quiche au fromage maison. Elle avait mis tellement de fromage et d'assaisonnement dans la préparation que je n'ai pas voulu être désagréable, alors je me suis forcé. Elle se sentait tellement fière, je ne sais pas comment elle a pu faire pour en reprendre trois fois. Comme elle n'avait pas mangé depuis ses révélations, je préférais la laisser s'alimenter. Après ça, je lui ai imposé de se contenter de préparer des bols de céréales et en lui précisant que je m'occuperai du reste à partir de maintenant. Et pour mon plus grand bonheur, elle ne m'a pas contredit.

Cela dit, même avec les recherches que j'ai pu faire, je ne suis pas plus avancé sur comment je dois me comporter en sa compagnie, en fonction de ses humeurs. Alors je décide d'envoyer un message à Thibault, l'infirmier, mon compagnon de recherche. Il saura sûrement répondre à toutes ces questions qui me trottent dans la tête.

Je m'installe sur la terrasse du café auquel on m'a donné rendez-vous une heure plus tôt. Quand j'ai quitté l'appartement, Esmée dormait encore à point fermé dans mon lit. J'ai fait mon maximum pour me préparer sans la déranger dans son sommeil. Je fais un tour sur les réseaux sociaux et remarque des vidéos de Matt' faites cette nuit, encore en soirée, ce qui ne m'étonne pas. J'ai quand même un pincement au cœur de le voir s'amuser avec nos amis en commun sans moi. Mais je ne peux pas lui en vouloir de ne pas m'avoir invité, moi qui lui ai refusé tellement de sorties, il a dû s'en lasser et n'essaie même plus de m'envoyer des messages.

— Bonjour Gabriel.

Je relève la tête et découvre Thibault, les mains appuyés sur le dossier de la chaise qui se trouve à mes côtés, je verrouille mon téléphone et le range dans une de mes poches.

— Bonjour, réponds-je après m'être éclairci la gorge.

Il fait un signe de la main au serveur qui se rapproche de notre table aussitôt avec son plateau vide coincé sous son bras.

— Tu veux un café aussi ? me demande-t-il.

— Oui, pourquoi pas.

- Deux cafés alors, s'il vous plaît, dit-il en se retournant vers le serveur.

Nous le regardons acquiescer et rentrer à l'intérieur du bar. Thibault en profite pour faire glisser la chaise et s'y asseoir.
- Alors comment ça va ?
- En ce moment ça va.

Il me regarde un peu décontenancé par ma réponse. Au même moment le serveur revient vers nous, tenant son plateau cette fois-ci rempli, il nous le dépose sur notre table et nous le remercions avant qu'il parte vers un nouveau client.
- Esmée ou toi ? reprend-il.
- Esmée et moi… annonçais-je.

Tout en me fixant, il avale une première gorgée de son café encore fumant, je sais qu'il a une idée de ce dont nous allons parler.
- Je crois que vous avez raison pour Esmée, avouais-je difficilement.

Il baisse son regard vers son café et les secondes de silence sont interminables pour moi. Je n'attends qu'une seule chose, qu'il me dise que ce n'est pas grave, qu'Esmée peut rester chez moi autant de temps qu'elle le souhaite, qu'il n'y a aucun risque pour elle, j'ai juste besoin de me sentir

rassuré. Mais au fond, je sais que je me mens à moi-même, que je n'aurais jamais ces réponses.
- Et comment ça se passe en ce moment ?
- Elle est passée par une mauvaise période, mais elle va mieux depuis hier.
 - Cela fait partie de la bipolarité, on ne sait jamais combien de temps dure les périodes dépressives comme les périodes maniaques. De plus on ne peut identifier clairement les périodes où la personne est en possession d'elle-même.

Toutes ces informations d'un coup me ramènent à des images qui tournent en boucle dans ma tête, ses crises, ses lubies, ses moments de fatigue ! Tout se tient malheureusement.

Après cette conversation, je marche pendant une heure, avant d'atterrir devant les deux restaurants dans lesquels j'avais commandé nos repas la dernière fois. Cette fois-ci, c'est moi qui hésite entre la nourriture chinoise ou italienne, je ne sais même pas laquelle Esmée préfère réellement. J'ai le souvenir qu'elle les a dévoré autant l'un que l'autre la dernière fois. J'entre dans le restaurant Italien en premier après avoir laissé passer un couple ayant pris à emporter deux pizzas. Je me place à la caisse et regarde les plats sur les feuilles plastifiées, affichées sur le comptoir.

- Bonjour, dit une voix masculine en face de moi.
- Bonjour, je vais vous prendre une pizza hawaïenne, une autre végétarienne et deux barquettes de frites s'il vous plaît, dis-je sans même lever les yeux vers mon interlocuteur.

Tout en tendant l'argent, je récupère le sac en papier et sort pour me diriger vers le second restaurant.

- Ne t'occupe plus de rien, j'ai tout ce qu'il faut avec moi, annonçais-je.

Alors qu'elle fouille dans le réfrigérateur, mon arrivée la fait sursauter. Elle pose une main sur sa poitrine avant de refermer la porte.

- Gab' !
- Excuse-moi, mais regarde !

Je dépose les deux sacs sur la table haute, elle y jette un coup d'œil et son visage s'illumine en comprenant ce qu'il se trouvait à l'intérieur.

- Pizza ?
- Et ?

Elle se décale et découvre l'autre repas.

- Chinois ?
- Qui va se régaler ce soir ?
- Nous, sans doute, continue-t-elle.
- Alors passons à table, tout de suite. Je me suis retenu sur tout le trajet pour ne rien attaquer, dis-je en enlevant ma veste et en m'installant sur un des tabourets.

Assis en face d'elle, je remarque seulement maintenant le changement sur son visage. Pour la première fois, je découvre une nouvelle Esmée, encore plus belle qu'elle ne l'est déjà. Ses yeux ressortent grâce à un trait fin noir sur ses paupières, son teint est un peu plus hâlé, cela reste simple. Même comme ça elle sort du lot. J'ai rarement vu des filles aussi naturelles qu'elle.

- C'est trop ? me demande Esmée après un long silence.
- De quoi ? demandais-je interloquer.
- Le maquillage.
- Pas du tout, dis-je simplement après m'être essuyé les lèvres.
- Je ne sais pas, tu n'arrêtes pas de me regarder.
- Parce que tu es belle.
- Parce que d'habitude, je ne le suis pas ?

- Bien sûr que si tu l'es toujours et tu le sais très bien.
- Pourtant, tu me regardes beaucoup plus ce soir.
- Tu ne me vois pas à chaque fois que je te regarde.

Ses joues rougissent, ce qui la rend encore plus irrésistible. Je ne me pensais pas capable de sortir une aussi belle phrase, en la pensant réellement, bien sûr.

- Tu n'aimes pas les compliments ? lui demandais-je.
- Je crois que je n'en ai pas l'habitude, tout simplement, enchaîne-t-elle sans lever les yeux de son repas.

Me vient une idée, je prends une serviette en papier dans un des sacs, j'attrape un stylo non loin de moi et commence à écrire quelque chose.

Tu es sûrement mon ange gardien, je dirais même mon âme sœur

Je glisse la serviette près de son plat pour qu'elle puisse la voir. Elle reste d'abord déstabilisée face à cette phrase assez forte, je l'avoue, mais cela me libère de pouvoir lui dire, enfin lui écrire. J'ai bien compris que les compliments n'étaient pas quelque chose dont elle avait l'habitude, alors je fais une tentative à l'écrit. Elle me prend le stylo encore dans ma main. Après quelques secondes, elle y inscrit à son tour quelque chose. Tout en me la redonnant avec le stylo, je comprends alors avant de lire son mot qu'elle aimerait une réponse.

C'est une énorme place que tu me laisses dans ta vie

Et dans mon cœur

Je ne sais pas si je serai à la hauteur

À la hauteur ou non, tu es là, c'est tout ce qui compte

La serviette en papier passe à tour de rôle dans nos mains, nos visages illuminent la pièce. J'aime ses réactions quand ses yeux parcourent mes mots et j'aime aussi cette sensation qui prend part dans tout mon corps dès que je lis les siens. Après avoir lu ma dernière phrase, elle se lève, décidant que nos conversations épistolaires, très furtives, doivent s'arrêter ici. La serviette entre ses mains, elle se dirige vers le réfrigérateur qui se trouve dans mon dos et je m'aide du comptoir pour faire tourner le tabouret, elle l'accroche avec un aimant qui trainait sur la surface du frigo. Au centre de la porte, la preuve de notre attachement l'un pour l'autre. Je trouve cette idée parfaite, de mettre ces mots en vue, je pourrai les relire le matin au réveil, le soir en rentrant du travail, les apprendre par cœur, même si je pense qu'il me faudra très peu de temps pour les enregistrer.

La sonnerie de mon téléphone me sort de ce beau moment, je louche sur l'écran et vois apparaître la photo de mon meilleur ami, j'hésite à répondre, je sais déjà ce qu'il va me proposer.

- Tu ne comptes pas répondre ? m'interroge Esmée en retournant s'installer à sa place.

  Je décroche finalement.
- Allô, commençais-je.

  Une énorme musique apparait à l'autre bout du fil.
- Gabriel, je suis dans un bar, l'ambiance est incroyable, il faut que tu viennes !

  Je regarde Esmée, je sais qu'elle a deviné le sujet de l'appel de Matt'.

- Je suis un peu fatigué, je n'ai pas trop envie, lançais-je.
- Quoi ? Tu ne peux pas refuser, viens avec Esmée si tu préfères !

Elle lève les yeux sur moi.
- Vas-y Gab', je vais me reposer moi.

J'écarquille les yeux et éloigne le téléphone pour répondre à Esmée.
- Non, je ne vais pas te laisser seule. Soit j'y vais avec toi, soit je n'y vais pas.
- Tu t'es déjà empêché d'aller à plusieurs soirées pour rester avec moi, ce soir, je ne te laisse pas le choix d'y aller !

J'entends Matt' hurler au téléphone, ne m'entendant plus, voyant que je ne réagissais pas Esmée se penche vers moi et attrape mon téléphone avant le porter à son oreille.
- Il arrive Matt', dit-elle.

Elle laisse quelques secondes avant de raccrocher et de me tendre le téléphone.
- Il t'envoie l'adresse du bar par message. Il t'attend, continue-t-elle avant de reprendre son repas.
- Tu es sûre que ça ne te gêne pas ? rabâchais-je.

Elle me répond d'un signe de tête négatif et d'un petit sourire qui me rassure. J'ai eu peur qu'elle se force à accepter pour me faire plaisir.

Nous terminons notre repas en nous remémorant des souvenirs d'enfance, je ne sais pas comment cela est venu, mais cela fait du bien de voir qu'Esmée a pu avoir des jolis souvenirs d'elle plus jeune. Je contemple l'ensemble de son visage, ses yeux, son sourire, ses pommettes qui rougissent quand je la fais rire… Sa beauté me trouble un peu plus chaque jour. Je ne comprends pas comment cela peut être possible. À contre cœur, je quitte notre dîner, je quitte Esmée pour enfin rejoindre Matt' et les autres. Je ne fais même pas d'effort sur ma tenue et garde la même. Contrairement aux autres soirs où je pouvais passer une heure dans la salle de bain pour en sortir le plus beau possible. Je sais pertinemment que ce soir aucune fille ne m'intéressera, malgré moi, je n'ai d'yeux que pour celle qui partage chaque moment de ma vie depuis plusieurs jours.

Chapitre 20

Esmée.

Cinq heures du matin. Je regarde les heures défiler sur l'horloge du four, ma tête posée sur le bord du canapé. Je ne lâche pas le cadran lumineux. J'ai éteint la télévision il y a un bon moment, depuis son départ, j'ai eu le temps de ranger tout l'appartement, faire les cent pas pour essayer de me calmer, j'ai aussi essayé de regarder un film, mais la concentration n'était pas au rendez-vous. J'ai tenté de m'endormir dans son lit, en me disant que son odeur dans les draps m'aiderait à atténuer mon état de stress. Mais rien. La nuit est interminable. Son absence m'effraie, je me fais mille et un scénarios. Et s'il rentrait avec une autre femme, qu'elle serait ma réaction ? Est-ce qu'il oserait faire ça ? Je ne veux pas le croire, mais on ne peut jamais être sûr. Si ça se trouve un jour je rentrerai et je trouverai mes affaires sur le palier, avec un mot indiquant que je n'ai plus ma place ici.

Un bruit de clé se fait enfin entendre dans la serrure de la porte qui est à quelques mètres de moi, Gabriel débarque d'une manière peu délicate dans l'appartement. Je me lève d'un coup du canapé pour m'approcher de lui et m'assurer que tout va bien.
- Ça va ? lui demandais-je.

Je lui saute dessus sans même annoncer ma présence dans l'obscurité, ce qui le surprend.
- Esmée ... commence-t-il.

Son haleine sent l'alcool ce qui me fait reculer de quelques pas.
- Gabriel, je me suis inquiétée, tu as vu l'heure, dis-je en fixant une énième fois l'horaire affiché sur le four.
- Esmée, Esmée, on peut en parler plus tard s'il te plaît ? me demande-t-il en fermant les yeux et en fronçant les sourcils, surement dû à un mal de tête.

Voilà ce qu'il me lance avant de disparaitre en direction de sa chambre en appuyant sur ses tempes. Je reste plantée là, au milieu du salon, des larmes coulent sur mes joues sans que je n'arrive à les arrêter, des frissons me parcourent et surtout mon anxiété réapparaît une nouvelle fois. Et s'il me fuyait ? Et si ma présence devenait trop insupportable pour lui ?

Tout en me frottant les bras pour faire disparaître mes frissons, je retourne dans mon lit d'appoint tout en essayant de me retenir pour ne pas craquer plus.

Les yeux rivés sur l'écran noir face à moi, je me sens vidée. Je n'ai pas trouvé le sommeil, je suis restée plantée, avec mes appréhensions, mes questions en boucle dans ma tête. Gabriel débarque dans la cuisine et doit se servir un café comme à son habitude, c'est toujours sa première action le matin.

- Tu as faim ?

Je ne réponds pas.

J'ai cette impression que sa présence se rapproche, je l'entends glisser contre le tissu du canapé et ces doigts jouer avec une mèche de mes cheveux. J'en conclus qu'il doit se trouver agenouiller derrière le dossier du canapé.

- Je voulais m'excuser pour la façon dont je t'ai parlé tout à l'heure.

Je reste toujours de marbre.
- Je n'aime pas quand tu es comme ça, ajoute-t-il.

Il continue de jouer avec mes cheveux.
- J'aurais dû te prévenir, mais il faut que tu comprennes que je ne peux pas te consacrer tout mon temps.

Je sais qu'il a raison, mais cette information me brise un peu plus le cœur, je décide d'enfin me lever avant d'éclater une nouvelle fois en sanglot.
- Tu fais quoi ?
- Je vais être en retard au travail, lançais-je.

À contre cœur, je me dirige vers la chambre de Gabriel pour m'enfermer dans la salle de bain qui y est adjacente. Je m'appuie, les deux mains, sur le meuble où se trouve le lavabo. Je secoue la tête en espérant faire fuir ce brouillard qui m'empêche d'être en paix avec mes pensées. Je me retourne, souffle un grand coup et enlève mes vêtements avant de me glisser dans la douche. Une fois que l'eau commence à ruisseler sur tout mon corps, je m'autorise enfin à lâcher toutes les larmes qui n'attendaient que ça pour sortir. Je ne sais pas combien de temps, je reste enfermée dans la salle de bain a essayer de me préparer, tout ce que je sais, c'est que l'appartement est silencieux. Je cherche Gabriel, mais personne. Un mot est inscrit sur un bout de papier posé sur un bol de céréales.

*Je pars au travail, excuse-moi encore
À ce soir.*

Un sourire se dessine sur mon visage, je me sens un peu plus légère par ce petit geste et ce doux mot me rappelant qu'il va me manquer pour la journée. Mais que je vais le retrouver ce soir, pour passer un nouveau moment avec lui. Je découvre un peu plus chaque jour ce qu'est la vie normale, partager des bons moments avec quelqu'un, travailler. Tout ce dont j'ai attendu depuis toute petite, je l'ai enfin. Je dois continuer de me battre avec moi-même pour garder cette nouvelle vie, le plus longtemps possible.

*

Je quitte la boulangerie avec mon sachet de viennoiseries et mes deux gobelets en carton de café. Après quelques jours, je me sens enfin mieux et une envie de faire plaisir à Gabriel m'a pris ce matin à l'aube. Je rejoins le chemin du retour avec le petit déjeuner dans mes mains, l'automne a fait son apparition et je ne m'attendais pas à ressentir autant la fraîcheur.

Je m'arrête d'un coup quand au loin, j'aperçois une silhouette qui me dit quelque chose. Je me rapproche par curiosité et comprends qu'il s'agit de la femme de Paul. Elle est assise à un arrêt de bus en feuilletant un magazine people. Je ressens ce besoin de l'affronter. Elle se trouve seule, sans Paul pour m'empêcher de dire la vérité ou pour lui retourner le cerveau.

- Excusez-moi, l'interpellais-je gentiment.
- Encore, vous ! me lance-t-elle en levant ses yeux sur moi, si c'est pour de nouveau faire un scandale en public, très peu pour moi.

Son air bourgeois m'exaspère, je comprends pourquoi son cher et tendre mari va voir ailleurs, elle ne doit pas être commode et drôle tous les jours. Je me contiens et recherche comment lui expliquer que je ne suis pas une menteuse et que Paul est loin d'être celui qu'elle pense.

- Je veux juste vous parler, repris-je.

- Pour me dire quoi ? Que vous vous êtes fait des films et que vous harcelez mon mari pendant des mois.
- Harcelé ? Carrément ? Il n'y est pas allé de main morte ce Paul. Je crois que je ne m'étais jamais autant mordu l'intérieur des joues pour me retenir de dire ce que je pensais réellement.
- Attendez ! Je peux vous donner ma version de l'histoire ?

Elle continue de jouer à l'indifférente en tournant les pages de son magazine.

- C'est lui qui m'a dragué il y a deux ans un soir dans un bar, c'est lui qui m'a promis de divorcer pour commencer une nouvelle vie avec moi, il m'a même loué des chambres d'hôtel pour pouvoir me rejoindre quand il en avait envie…
- C'est vraiment grotesque, m'interrompt-elle, j'en ai assez entendu comme ça, continue-t-elle en se levant.

Elle récupère ses affaires, oubliant qu'elle attendait un bus et commence à s'éloigner à pied.

- Il m'a même ordonné d'avorter ! criais-je en pleine rue comme si nous n'étions que toutes les deux.

Tous les regards des passants se retournent vers moi, ainsi que celui de la femme de Paul. Elle fait demi-tour sur elle en un quart de seconde. Je viens de lancer une bombe, cette même bombe qui m'a anéantie quelques mois auparavant.

Elle revient vers moi la tête baissée comme si elle voulait passer incognito auprès des autres passants par honte.

- Qu'est-ce que vous souhaitez à la fin ? Me demande-t-elle en revenant vers moi, de l'argent ? C'est ça ?

Je suis à deux doigts de ne plus retenir mon calme.

- Mais je m'en fous de votre argent ou de celui de votre mari, il m'en a déjà fait assez profiter, je veux juste que vous sachiez à qui vous avez vraiment à faire.
- Elle me lance un regard rempli de haine.
- 3652.
- Quoi ?
- C'est le code de la carte bleu de votre mari.
- Comment…
- Je le connais ? Parce qu'il m'a prêté sa carte plusieurs fois, pour m'acheter ce que je voulais, c'était sa façon à lui d'excuser ses absences à ré-

pétitions, ses fausses promesses aussi, d'ailleurs le chemisier que vous portez, je l'ai choisi.

Et sur ces derniers mots, je fais demi-tour et reprends mon chemin la laissant en plan, le sourire aux lèvres, mon cœur bat plein pot, je me sens tellement libérée d'un coup. Je ne sais pas si tout ce que je viens de lui dire aura un impact sur elle, mais au moins, je serai débarrassée, libre.

Je rentre enfin à l'appartement, cette altercation m'a achevée, je dépose le sachet de viennoiseries ainsi que les cafés sur le comptoir avant de retirer ma veste et de m'affaler dans le canapé.
- Tu en a mis du temps ! me lance-t-il ironiquement.
- Je n'ai même pas la force de lui répondre et continue de me repasser en boucle tout ce qu'il vient de se passer avec cette femme.
- Tout va bien ?
- Tellement bien, répondais-je toute souriante.
- J'ai prévu un bon programme, me dit-il en plissant les yeux et en hochant la tête à plusieurs reprises.

J'ai toujours peur quand il reste mystérieux comme ça, mais cela ne m'empêche jamais de le suivre.

- J'imagine que tu ne comptes pas m'en dire plus ? lui demandais-je en le regardant s'éloigner.

Gabriel attrape un des gobelets, bois une gorgée en continuant de me tourner le dos et se contente de hausser les épaules avant de disparaitre dans la chambre.

*

Je monte pour la première fois dans la voiture de Gabriel, je m'assois à la place passagère et me laisse guider aveuglément vers cette surprise. Nous sortons du parking souterrain et nous nous aventurons dans les rues de Paris, je rassemble mes longs cheveux bleus en queue de cheval montante, profitant du paysage qui défile de plus en plus sous mes yeux. Je m'éloigne peu à peu de la capitale. Je baisse le dossier du siège pour me mettre un peu plus à l'aise, le temps est avec nous, la chaleur du soleil traverse les vitres de la voiture et nous réchauffe.

- Je peux mettre de la musique ? lui demandais-je.
- Prends mon téléphone et fais-toi plaisir, me répond-il en me tendant l'objet qui se trouvait dans une de ses poches.

Je l'attrape du bout des doigts et le tien fermement de mes deux mains à moitié cachées par les manches de mon pull en laine. Je mets finalement une musique au hasard après avoir fait défiler la playlist de Gabriel sur l'écran. Les premières notes apparaissent et laissent place à des frissons le long de ma colonne vertébrale. Je suis une éternelle fan des notes de piano.

Au bout de deux heures de route où j'ai dû m'endormir pendant la moitié du temps, nous voici arrivés à destination. Gabriel arrête le moteur sans dire un mot et détache sa ceinture avant de sortir de la voiture. Je regarde autour de moi : nous nous trouvons dans un terrain vague qui sert sûrement de parking en voyant les quelques autres voitures garées à côtés de nous. Je sors à mon tour et découvre en détail le décor qui s'établit devant moi. Gabriel avance d'un pas déterminé avant de s'arrêter au bout d'une falaise.

- Alors ? commençais-je en le rejoignant.
- Tu te demandes ce qu'on fait ici ?
- On se trouve en au haut d'une vallée, seuls, donc oui, je me pose quelques questions, avouais-je.
- Du genre ?

J'hésite entre, est-ce qu'il va me pousser d'ici pour que j'atterrisse écrasée comme une crêpe ? commençais-je tout en m'approchant doucement vers le bord pour essayer de mesurer la distance entre le sol et moi. Ou, alors, ça y est tu ne me supportes plus et tu veux m'abandonner sans pitié comme un pauvre petit chat dans un endroit où je serai incapable de m'orienter pour retrouver la maison ?

Je me tourne vers lui pour voir la réaction et laquelle de mes suppositions serait la plus probable, mais au vue de ses grimaces pour se retenir de rire, mon imagination dépasse vraiment la surprise qu'il m'a préparée. Il me lance un regard qui me fait fondre avant de pointer son doigt sur l'horizon derrière moi. Je me détourne et aperçois quelque chose virevolter dans le ciel grisant, je plisse les yeux avant de réaliser qu'il s'agit d'un parachutiste.

- C'est génial, lançais-je émerveillée.

Bouche-bée, les yeux écarquillés, je ne le lâche pas une micro seconde cette personne volante.

- Ça tombe bien alors, ça va être à ton tour d'ici une heure, me lance-t-il dans mon dos.

Mon corps se raidit d'un coup, l'information apparaît comme un éclair dans mon esprit. J'ai peur d'avoir mal compris et pourtant sa phrase était très claire.
- Je…
Incapable de sortir d'autres mots tout en visant avec mon index à mon tour le parachutiste que l'on ne voyait pratiquement plus, car il se trouvait à la fin de sa course.
- Oui, tu… me répond-il d'un ton moqueur tout en me faisant un clin d'œil.

Je lâche un énorme soupir, à la fois d'extase et aussi d'angoisse. Je reste stoïque ne sachant comment réagir.
- Tu as peur ?
- Bien sûr que j'ai peur, répondis-je du tac au tac.
- Mais tu vas le faire !

Ce n'étais pas une question, mais un ordre, je comprends qu'il ne me laisse pas le choix. Esmée, tu n'as pas le choix. Fais-le ! Ne recule pas, ne fais pas demi-tour, lance-toi et profite de ce moment.

Voilà, ce que je me répète. Gabriel me prend la main, mélange ses doigts aux miens et je le suis, sans crainte, mes pas dans les siens, mon sourire ne quittant plus mon visage.

C'est parti, c'est le moment. Je m'apprête à sauter. Mes jambes sont en coton, malgré le bruit des hélices de l'hélicoptère mélangé à celui du vent, je peux entendre battre mon cœur à un rythme qui d'habitude me prévient qu'une crise d'angoisse s'apprête à prendre possession de tout mon corps, mais là, c'est une autre sensation, une meilleure sensation.

Mes jambes sont dans le vide, je me sens prête maintenant à m'élancer. Cette fois-ci je sais qu'il y aura un après, je pouvais m'abandonner sans peur. Je sais que je suis en sécurité, que Gabriel n'est pas loin de moi et même si je ne le vois pas, je sais que je peux quand même m'accrocher à lui. Après autant d'impatience, le moment est venu, le décompte se fait derrière moi. 3, 2, 1. Chute libre. La liberté m'encercle, je plane dans les airs et je ne me suis jamais sentie aussi heureuse et sereine depuis des années. Je me sens bien, je me sens moi. Il n'y a plus de maladie, plus de bataille avec mes troubles, plus rien. J'aperçois Gabriel un peu plus loin, je ris aux éclats, voyant ses jambes et ses bras partir dans tous les sens, comme s'il paniquait, l'accompagnateur au-dessus de lui essayant de le calmer. J'admire le paysage en dessous de moi qui se rapproche de mes pieds.

L'atterrissage a beau s'être fait en douceur, il est pour moi brutal. Il a arrêté ce moment magique, comme l'alarme d'un réveil qui nous sort du plus beau rêve et dont on ne saura jamais la fin. Je me retourne et regarde l'atterrissage peu gracieux de Gabriel, qui perd son équilibre, manquant de tomber.
- Plus jamais ! crie-t-il.
J'en déduis qu'il n'a pas dû vivre le même moment que moi. Je m'approche de lui après être libérée du parachute et lui tend ma main pour l'aider à se relever alors qu'il venait de se tourner sur le dos. Le vent souffle, je décide de détacher mes cheveux pour les laisser voler.

Après un signe d'un des accompagnateurs pour nous ramener à l'accueil, je réalise doucement que mes pieds touchent de nouveau la terre ferme, je n'en ai aucune envie, je veux que cela dure une éternité, que la réalité reste loin de moi, mais on m'a toujours dit que toutes bonnes choses avaient une fin. Toute cette verdure autour de moi à perte de vue, je n'ai pas les mots pour décrire cet incroyable paysage.
- Tu vas bien ? me lance Gabriel en passant un bras autour de mon cou.

J'acquiesce simplement, je ne trouve même plus un mot simple pour répondre. Le silence autour de moi me plaît, j'entrelace mes doigts aux siens et j'ai la sensation que les siens se serrent, j'en conclus que mon geste lui plaît.

Nous saluons tout le personnel avant de sortir du hangar. Nous sommes maintenant de nouveau dans la voiture, sur la route du retour. Malheureusement pour moi, j'aurais aimé que ce moment ne s'arrête jamais. J'ai encore l'impression de planer, mon corps est encore dans les airs, à la fois léger et aussi fatigué par l'adrénaline. Je lance des regards sur ma gauche pour admirer Gabriel en pleine concentration sur la route.

Je ne sais pas pourquoi il fait tout ça pour moi, personne ne m'avait jamais autant donné d'importance et de temps avant lui. C'est tellement nouveau et énigmatique à la fois. Je ne sais pas comment réagir, comment lui rendre la pareil, je ne sais pas si je mérite toute cette attention et s'il est conscient que je suis touchée par chacun de ses gestes, de ses mots, de ses regards. Il m'adoucit, il adoucit surtout mes troubles, ce que je ne gère pas. Lui y arrive, il a plus de patience avec moi

que j'en ai envers moi-même, plus d'amour et d'estime.
- Merci, dis-je à voix haute.

Seul un sourire se dessine sur son visage. Et cela me suffit amplement.

Chapitre 21

Gabriel.

Je me réveille en sursaut par un cri d'horreur venant de chez moi. J'émerge et en entends un second, ainsi que d'autres encore. Je comprends après coup qu'il s'agit d'Esmée. Je me lève en trombe de mon lit et me précipite vers mon séjour.
- Esmée ? l'appelais-je, ne l'a trouvant pas aux alentours.

J'entends son souffle prendre tout l'espace, je m'approche du canapé et la vois allongée entre celui-ci et la table basse.

Je répète son prénom sans cesse tout en accourant vers elle, j'écarte la petite table de nos corps pour me mettre près d'elle. Je comprends qu'elle refait une nouvelle crise d'angoisse, mais due à quoi ? Nous sommes au petit matin, rien n'aurait pu la chambouler, où peut-être est-ce dû à un rêve ?

C'est vrai qu'il lui est arrivé d'avoir des nuits agitées quand elle dormait avec moi.

- Calme-toi, lui dis-je en effleurant une des joues rouges du bout de mes doigts.

Mais mes mots ne font qu'envenimer les choses. Son souffle prend de plus en plus d'ampleur, ma main descend jusqu'à son thorax et je peux sentir son cœur battre à une allure très loin de la normale.

Je commence à perdre le contrôle, je ne sais plus comment réagir face à Esmée qui se trouve en détresse devant moi. Je devais me faire à l'idée, même si cette solution m'arrachait le cœur, je n'avais plus d'autre choix.

- Je suis désolée Esmée, lui lançais-je, la gorge nouée.

Je me relève, tout en retenant mes larmes. Je me précipite vers la chambre, attrape mon téléphone qui est caché sous un des oreiller. J'appelle ce fameux numéro que j'avais entré dans mes contacts quelques jours auparavant, pensant ne jamais l'utiliser.

- Allô, j'ai besoin de votre aide, commençais-je.

J'entends à peine la voix à l'autre bout du fil.

- S'il vous plaît, il faut que vous veniez ! reprenais-je.

Après leur avoir donné mon adresse, je coupe court à l'appel sans prendre la peine de savoir si mon interlocuteur avait bien saisi chaque mot. Je reviens vers ma Esmée, pour m'assurer qu'elle est encore consciente. Demi-tour, je prends un verre et le remplit d'eau sur le chemin. Je le dépose ensuite sur la table basse et la regarde reprendre son calme tout en essayant de se relever en s'appuyant sur le canapé.

- Attends, je vais t'aider.

J'attrape un de ses bras pour qu'elle puisse s'adosser contre le canapé tout en restant parterre pour qu'elle ne se lève pas trop vite. Je lui tends le verre d'eau, elle me remercie d'une voix frêle et le porte à ses lèvres pour boire doucement. Je prends place à ses côtés, je sèche du bout d'un doigt une larme coincée sous un œil discrètement pour qu'elle ne s'en rende pas compte.

- Pourquoi tu t'es excusé ? me demande-t-elle, les yeux dans le vague.
- Je ne veux pas que tu m'en veuilles, commençais-je en cherchant la suite de ma phrase pour être le moins blessant possible.

Aucune réaction de sa part, comme si elle s'attendait à ce que j'allais lui dire.

- J'ai appelé le centre que Thibault m'a conseillé, des infirmiers arrivent d'ici à quelques minutes, je suis vraiment désolé Esmée, mais je ne suis plus capable de t'aider…

Ma voix est emportée par la douleur, par cette boule dans ma gorge qui s'agrandit en imaginant Esmée ne plus être là avec moi. Je ne retiens plus mes larmes, je ne retiens plus rien, je n'ai plus la force.

- Je tiens énormément à toi et j'aimerais être cette personne qui te rende heureuse continuellement, mais on doit se rendre à l'évidence tous les deux, ta maladie prend trop de place, elle est bien plus forte que nous deux réunis, tu as besoin de l'aide de personnes qualifiées pour, je… dis-je en levant les bras sans savoir quoi dire pour terminer ma phrase.
- Je comprends, sort-elle enfin après un long silence.

Mon cœur se desserre un peu en entendant sa réponse, elle ne m'en veut pas tant que ça. Elle ne me déteste pas après ce que je viens de lui avouer. Elle se rapproche de moi et se cale contre mon torse. Je l'entoure avec mes bras et je la serre contre moi pour l'apaiser du mieux possible. Je peux apercevoir ses joues rougies et des larmes oubliées sur le bas de son visage. Esmée reprend son souffle peu à peu. J'essaie de rester fort, je me déteste d'avoir appelé le centre, je me déteste de la laisser, mais je dois m'y résoudre. Je ne suis plus en capacité de l'aider, et surtout de la protéger, seul.

Je profite du temps qu'il nous reste, les deux infirmiers que le centre m'a envoyés peuvent arriver d'une minute à l'autre. Alors je m'enivre une dernière fois son odeur, la douceur de ses cheveux en attendant que nous soyons séparés.

La sonnerie retentit dans l'appartement, je me lève doucement après avoir déposé un baiser sur le front d'Esmée toujours collée à moi. Je prends mon temps, pose une dernière fois mon regard sur elle. Elle se recroqueville sur elle-même, pâle. On pourrait croire qu'elle meurt de froid, je baisse les yeux et me fait rappeler à la réalité par une nouvelle sonnerie. Après avoir raccroché l'interphone, je déverrouille la porte d'entrée et l'ouvre en grand en attendant que les personnes arrivent.

Adossé au mur, je cogne faiblement mon crâne à l'allure de mon rythme cardiaque. J'entends les portes de l'ascenseur s'ouvrir dans le couloir, j'essaie de rester calme. Deux hommes en blouse blanche passent le pas de la porte, l'un me salue pendant que l'autre reste en retrait, je m'avance vers le canapé à contre cœur pour leur montrer où se trouve Esmée. Elle est toujours assise par terre, son dos courbé, ses bras entourant ses genoux pliés contre sa poitrine. Son regard dans le vide, elle reprend ses esprits après qu'un homme ait prononcé un « *mademoiselle* ». Tout se passe vite : aidée des deux hommes, Esmée se lève, accrochée à leurs bras. Je ferme les yeux ne pouvant pas supporter de la voir quitter l'appartement. Et là, plus rien. J'entends les portes de l'ascenseur se refermer, je m'écroule, je glisse le long du mur et éclate en sanglot. C'est terminé, Esmée n'est plus là.

Après un long moment, de larmes, de tambourinement dans le mur, je me sens vide. Sans savoir vraiment pourquoi, je récupère mon téléphone laissé au sol et appelle la personne qui pourrait

sûrement mieux me comprendre. Sa voix apparaît à l'autre bout du fil après deux détonations.
- Est-ce qu'on peut se voir ?

Une douche et une heure plus tard, je me retrouve assis à la terrasse d'un bar non loin du fameux parc, trop rempli de souvenirs à mon goût. Je reste le regard fixé sur cet immense portail vert qui donne accès au parc, en imaginant la voir en sortir à un moment donné.
Je me fais rappeler à la réalité en entendant mon prénom. Je tourne mon regard vers la personne qui en profite pour s'asseoir en face de moi.
- Tout va bien ? me demande Thibault.
- J'ai appelé le centre, lâchais-je d'un coup en baissant les yeux comme si j'avais honte.
- Excusez-moi, commence-t-il en levant une main, est-ce qu'on pourrait avoir deux cafés s'il vous plaît ?
Je relève la tête dans la même direction que mon voisin de table, avant qu'il se concentre de nouveau vers moi. Je le vois chercher ses mots. Il entre-ouvre les lèvres et les referment avant d'enfin sortir un son.

- C'était la meilleure solution pour elle comme pour vous.

Ces paroles me donnent un nouveau coup de poignard, une douleur de plus qui s'installe dans ma cage thoracique, mais je sais au fond de moi qu'il a raison.

- Je le sais, mais je ne peux pas m'empêcher de penser que je l'ai abandonnée, elle m'a dit des centaines de fois qu'elle refusait de se faire aider par des professionnels, dis-je sans finir tout ce que j'avais envie de sortir par peur de craquer.
- Vous tenez beaucoup à elle ?
- C'est compliqué de ne pas s'attacher à elle, lançais-je sans réfléchir.
- Je comprends. Je ne l'ai vue à chaque fois que quelques minutes et souvent endormie, dit Thibault avec un petit sourire, le regard dans le vide, surement pour replonger dans ses souvenirs, mais elle donnait l'air de quelqu'un d'attachant et rempli de mystères.

C'est justement ce que j'ai pensé d'elle quand j'ai appris à la connaître et c'est aussi ce qui s'est avéré au fil du temps.

Je ne pensais pas qu'elle jouerait un rôle aussi important dans ma vie.

Je m'étonne moi-même par cet aveu. Je crois que même mon subconscient ne supporte plus que je me mente à moi-même, tout ce qui nous rattache est tellement inhabituel que nous sommes obligés d'être attaché l'un à l'autre. Notre rencontre, notre relation, tout sortait de l'ordinaire, et ça nous a pris de court, on n'a pas su gérer, notre relation a pris le dessus.
Et je n'arrive toujours pas à savoir ce que nous sommes réellement. Je ne sais même pas si j'ai vraiment envie de le savoir.

Je débarque dans le hall de mon immeuble, après cette longue discussion avec Thibault pendant presque trois heures à enchaîner les cafés sur la terrasse du bar. Je suis maintenant exténué et je ne rêve que d'une seule chose, m'enfermer chez moi et essayer de dormir le plus longtemps possible. Je vois une jeune femme de dos, debout devant la rangée de boites aux lettres, elle se tourne un peu sur les talons tout en regardant quelques enveloppes. Je peux découvrir le visage de Camille, à moitié caché par ses cheveux blond raccourcis depuis la dernière fois que je l'ai vue. Concentrée sur le courrier, elle ne s'est même pas rendue compte de mon entrée. J'avance de quelques pas avant de me gratter la gorge pour lui faire part de ma présence, ce qui la fait réagir et détourner son regard vers moi, elle remet une mèche derrière son oreille avant de me lancer un petit sourire. Camille referme la boîte aux lettres et range le courrier qui doit lui être adressé dans un de ses deux sacs de voyage qui se trouvent à ses pieds.

- Salut, me dit-elle en se relevant après avoir attrapé chaque poignée de ses sacs.
- Salut, lui répondis-je d'une voix brisée.

Elle s'approche encore un peu plus de moi.

- J'ai récupéré le reste de mes affaires, continu-t-elle.

J'acquiesce simplement. Je sais qu'elle voit que je ne vais pas bien, elle me connaît par cœur. Elle sait aussi que j'ai horreur de me montrer dans cet état, alors elle ne posera pas de question, pour ne pas me brusquer. Elle baisse la tête, avance pour passer à côté de moi puis elle s'arrête, son épaule frôlant la mienne.

- Tu sais, dès le début, j'ai compris que tu allais voir ailleurs. Tu n'as jamais vraiment su mentir, me lance-t-elle en me regardant de profil.

Je mets un peu de temps avant de réagir, un de mes sourcils s'arque sous l'incompréhension de sa révélation.

- Pourquoi es-tu restée alors ? demandais-je en me tournant vers elle, pour lui faire face.
- Par amour, dit-elle sans me lâcher du regard.

J'inspire un grand coup, tout ce qu'il se passe depuis ce matin me dépasse. Le départ en catastrophe d'Esmée, maintenant Camille qui m'avoue être restée avec moi tout en acceptant mon comportement de connard ! Moi qui aime tant tout contrôler, je me retrouve largué, complètement largué.

- Je suis désolé, j'ai été le pire copain pour toi, tu méritais beaucoup mieux.

Elle acquiesce tout en avalant sa salive.

- Je voulais juste que tu le saches, que tu ne reproduises pas les mêmes erreurs avec elle.

J'ouvre la bouche pour m'apprêter à lui répondre que je ne suis pas en couple avec Esmée, mais à quoi bon ? Elle n'a pas besoin de savoir la nature de notre relation.

- Prends soin de toi Gab', dit-elle avant de déposer un léger baiser sur ma joue en se mettant sur la pointe des pieds pour se mettre à ma hauteur.

Elle s'en va sans attendre une réponse de ma part et au bruit de la porte de l'immeuble se refermant, une cascade de larmes s'étend sur mon visage. Je craque pour la dixième ou quinzième fois de la journée, je n'arrive même plus à compter.

Je rentre chez moi, avec ma tête en vrac, mon appartement est effroyablement vide, calme. Le plaid qu'Esmée ne lâchait pas est en boule au milieu du salon, son bol de céréale trône encore sur la table basse. Et cette odeur de vanille est un enfer tellement elle embaume la pièce. Tout est là pour me rappeler ma belle Esmée. Elle a autant marqué cet endroit qu'elle a marqué mon cœur.
Je découvre la serviette en papier sur le comptoir, je regarde le réfrigérateur, ne comprenant pas comment elle a pu bouger. Puis je me remémore la personne que j'ai croisée dans le hall de l'immeuble il y a quelques minutes. Camille. Elle a dû tomber dessus et la lire. Je n'imagine même pas le mal qu'elle a pu ressentir en lisant ces mots, elle qui m'a demandé plusieurs fois des petites attentions et hormis deux bouquets de fleurs et un bijou, elle n'a pas eu la chance d'avoir plus. Elle n'a pas réussi en deux ans à faire sortir le meilleur de

moi-même alors qu'il n'a fallu que quelques semaines à Esmée et surtout aucun effort. Je n'étais juste pas la bonne personne pour Camille et j'espère de tout mon coeur, qu'elle rencontrera cet homme qui saura la traiter comme il se doit.

Je réalise une nouvelle fois qu'Esmée n'est plus là et qu'elle ne sera sans doute plus jamais ici. Elle est maintenant dans un lieu inconnu, moi qui avais fait mon possible pour qu'elle se sente enfin chez elle ici, qu'elle connaisse enfin ce qu'est un chez-soi.
Mes jambes flageolent, ma cage thoracique est écrasée par la douleur, ma gorge se noue et je lâche enfin tout ce que je retenais depuis son départ. Mes larmes s'évadent à torrent et pourtant le déchirement, lui, reste intact. Elle est mon équilibre, alors qu'elle est encore plus bancale que moi, à nous deux, nous sommes devenus une paire impensable et désarticulée.

*- **FIN***

Merci à elles, pour leurs aides précieuses.

à Maurine Métairie
(*auteure* des romans Omerta I & II) ♥

À Antoinette Pardon
(*correctrice professionnelle*)

à Mam's ♥

à Sandra ♥

DE LA MÊME AUTEURE :

Romans :

- **CAPTIVE TOME 1**
- **CAPTIVE TOME 2**
- **CAPTIVE TOME 3**
- **ET SI TOME 1**
- **ET SI TOME 2**
- **GLORIA**
- **MANIPULATION**

Vous pouvez me retrouver sur Instagram :

@instacarlie

Vous pouvez retrouver l'illustratrice sur Instagram :

@jecrisparfois

Loi n°49-956 du 16 juillet 1949 sur les publications destinées à la jeunesse

Édition : BoD · Books on Demand,
31 avenue Saint-Rémy, 57600 Forbach, bod@bod.fr
Impression : Libri Plureos GmbH, Friedensallee 273,
22763 Hamburg (Allemagne)

Dépôt légal : Février 2025
Auteure : © CARLIE
ISBN : 978-2-8106-2990-9